Martina Meier
Herausgeberin



# Solang das Rad der Zeit sich dreht

ToMa

*Für Ingolf*

*24. Mai 1960 – 25. Mai 1998*

Bibliografische Information der Deutschen Nationalbibliothek:
Die Deutsche Nationalbibliothek verzeichnet diese Publikation in der Deutschen Nationalbibliografie; detaillierte bibliografische Daten sind im Internet über http://dnb.d-nb.de abrufbar.

1. Auflage 2012
ISBN: 978-3-86196-182-6

Lektorat:
Sandy Penner, Melanie Wittmann, Katrin Mai, Raphael Milker
Cover: © pixel_dreams - Fotolia.com


TOMA-Edition
Sonnenbichlstraße 39, 88149 Nonnenhorn, Deutschland

www.papierfresserchen.de
info@papierfresserchen.de

# Der letzte Gang

Die Wellen sich türmen im reißenden Fluss,
Und mit sich nehmen, was jetzt gehen muss.
Kein Weg zurück ist je gegeben, nur gradeaus geht's voran,
Damit man zum himmlischen Himmel gehen kann.

Die bunten Blumen verwelken
Und die Sonne geht schlafen
Und so wird es sein in allen weiteren Jahren.
Musik so melodisch begleitet jeden
Noch so weinenden Pfad,
Und schafft Erinnerungen der richtigen Art.

Das Beste wird bleiben für alle Zeit,
In Herzen und Seelen bis in die Ewigkeit.
So wie es jeder will, der mit dem Engel Hand in Hand
geht und ging den letzten schwersten Gang.

Das Einzige, was uns doch für immer bleibt,
Ist eine tiefe Verbunden- und Gewissheit.
Irgendwann wird für jeden
der letzte Tag der Tage gekommen sein
Und jeder wird gehen in das hohe Himmelreich.

***Katja Heckendorf*** *ist16 Jahre alt, lebt in Delingsdorf in der Nähe von Hamburg und besucht ein Gymnasium. Ihre Hobbys: Singen, Tanzen und natürlich Schreiben. Sie hat bisher noch nicht veröffentlicht.*

# Erinnerungen an Oma

Ich sitze im Literaturunterricht und schaue aus dem Fenster. Es ist die letzte Schulstunde. Wie immer kann ich es nicht erwarten, den erlösenden Glockenton zu hören, der das Ende der Stunde einläutet. Da klopft es an der Tür. Die Sekretärin schaut herein und blickt sich suchend um. Wir alle schauen sie an, dankbar für die Unterbrechung. Da hat sie mich entdeckt und bittet mich, herauszukommen. Mich beschleicht ein mulmiges Gefühl.

Als ich in den Flur trete, sehe ich meinen Vater und mir wird schlagartig bewusst, was geschehen ist. Oma lag schon seit einigen Tagen im Sterben. Da steht er, blass, mit verweinten Augen. Er muss nichts sagen und schließt mich einfach in seine Arme. Wir fangen beide an zu weinen. Mitten im Schulflur. Auf einmal ist die ganze Welt eine andere. Ich habe meinen Vater noch nie weinen sehen, noch nie einen Menschen verloren, der mir so viel bedeutet hat.

Ein paar Tage später halte ich eine Karte in den Händen, die mir meine Klassenkameradin und gleichzeitig beste Freundin gestaltet hat. Verschiedene Texte über Trauern und Tod hat sie aufgeschrieben und die Karte mit Bildern verziert. Sie alle berühren mich, doch einer bringt mich ganz besonders ins Nachdenken und spendet mir Trost:

*„Wir wollen nicht trauern, dass wir sie verloren haben, sondern dankbar dafür sein, dass wir sie gehabt haben, ja, auch jetzt noch besitzen. Denn wer heimkehrt zu Gott, der ist uns nur vorausgegangen."* *Hieronymus*

Und auf einmal steigen in mir Erinnerungen auf. Erlebtes, das ich nie vergessen werde und was ich immer mit Oma verbinden werde.

Da sind ihre Plätzchen, die sie zu jeder Jahreszeit gebacken hat und die es immer bei ihr zu essen gab. Und wenn wir dann nach einem Besuch nach Hause fuhren, gab es oft eine große Tüte davon mit. Nie wieder habe ich solche Kekse gegessen, aber es ist, als könnte ich sie heute noch schmecken.

Dann waren da die „Mensch ärger dich nicht"-Spiele mit Oma. Mit niemandem konnte man das Spiel so gut spielen wie mit ihr. Mein Bruder und ich liebten ihren Enthusiasmus dabei. Wenn sie einen von unseren Figuren schlug, sagte sie immer: „Geh weg, du dummer Esel!" Als Kinder mussten wir dabei immer vergnügt kichern.

Bei ihr gab es immer geschälte Apfelschnitze und Milchsuppe. Heiße Getränke tranken wir Kinder aus der Untertasse, damit es schneller abkühlte. Und bis heute kriege ich es nicht hin, eine Schmandsoße so zu kochen, wie Oma es tat.

Während der Trauerfeier in der Kirche fasse ich allen Mut zusammen, stehe auf und gehe ans Mikrofon. Ich lese die Karte meiner Freundin vor und fange an zu erzählen, dass ich dankbar bin, so eine Oma gehabt zu haben und dass ich soviel mit ihr erleben durfte. Und dann erzähle ich einige für mich wertvolle Erinnerungen.

Meine Oma glaubte an ein Leben nach dem Tod. Für sie war die Bibel die Wahrheit und so ging sie ganz in Frieden heim. Ich weiß, ich werde eines Tagen nachkommen, denn ich glaube auch daran. Und so bin ich getrost und dankbar. Ich freue mich, dass ich so eine starke und lebendige Oma haben durfte, und bin gespannt auf das Wiedersehen.

***Edelgard Kornelsen*** *wurde 1981 geboren und lebt im schönen Lipperland. Sie hat auf Lehramt die Fächer Englisch und Geschichte studiert. Nach der Elternzeit, in der sie ihren kleinen Sohn gehütet hat, ist sie nun in ihren Beruf an einer Hauptschule zurückgekehrt.*

# Glasperlenspiel

Mit einem müden Lächeln auf dem faltigen Gesicht lässt sie versonnen die Glasperlenkette aus ihrer Jugendzeit durch die Finger gleiten, wie beim Beten eines Rosenkranzes. Es überkommt sie eine Vision und sie glaubt plötzlich aufgrund der Farben zu erkennen, dass jede Perle ein Jahr ihres Lebens darstellt.

Die runden zart grünen rufen die Erinnerung an ihre behütete Kindheit und Jugend zurück, die roten, teilweise leicht abgestoßenen Perlen erzählen ihr von Liebe, Glück, aber auch von Kummer und Sorgen, dazwischen milchig-weiße – Vergessen.

Hin und wieder berühren ihre Hände eine schwarze Perle und die Gesichter längst verstorbener geliebter Menschen tauchen vor ihrem inneren Auge auf. In den hell- und dunkelblauen Perlen vermeint sie, ihre betriebsamsten Jahre zu erkennen, die schönste Zeit ihres Lebens. Die grauen Glasperlen wechseln sich nur noch vereinzelt mit rosafarbenen ab. Kleine Lichtblicke sind sie im ständig dunkler werdenden Glasperlenspiel des Lebens.

Als ihre Finger den Ring des Verschlusses ertasten, weiß sie, dass sich die Kette schließen lässt und dafür ist sie dankbar.

***Gerda Winter*** *lebt in Hannover und hat bereits mehrere Texte in Anthologien veröffentlicht.*

# Friedlich

Der Tod streckt seine Finger aus,
streicht sanft dir über dein Gesicht.
Ruhig löscht er alles Leben aus,
der Lebenskerze flackernd Licht.

Er schleicht sich leise flüsternd an,
lächelt lieblich, zärtlich, leicht,
zieht dich dann in seinen Bann,
wenn er mit dir leise,
auf fremd-vertraute Weise,
von der Erde weicht.

Friedlich sinkst du nun ins Nichts,
bist jetzt glücklich, ohne Grund.
Trittst dann in die Welt des Lichts,
willkommen in der Toten Bund.

***Judith Holle**, geboren 1995, lebt in Hannover. Derzeit geht sie noch zur Schule und strebt das Abitur an. Mit 14 Jahren fand sie zum Schreiben. Seit 2011 veröffentlicht sie Kurzgeschichten und Gedichte in Anthologien und Zeitschriften.*

# Tödliche Entscheidungen

Hans hasste stille Räume. Und kahle. Und sterile. Und solche mit Grußkarten. Vor allem mit Blumen. Nein, Krankenhäuser waren einfach nicht sein Fall. Die zum Bersten geladene Stille. So, als wäre man im Auge eines Wirbelsturms und es würde nur noch Sekunden dauern, bevor das Getöse begann und man in den Strudel aufgesogen wurde und der Wind einem nur so um die Ohren pfiff.

Einzig das rhythmische Piepsen der Geräte um ihn herum, die er mittlerweile aber kaum noch wahrnahm, sagte ihm, dass er noch lebte. „Leben. Was ein scheiß Wort“, dachte Hans. Alle Welt sprach davon, doch was es bedeutete, wusste keiner. Biologisch gesehen lebte er. Sein Geist war in bestem Zustand. Doch der Wille fehlte. „Wo ist mein Leben noch lebenswert?“, fragte er sich.

Als ehemaliger Mitarbeiter der Post war er Pensionär und hatte ein Einzelzimmer zugeteilt bekommen. Weiße Wände, keine Gardinen. Ein Bett, irgendwo in der Mitte des Raumes, gegenüber dem nie laufenden Fernseher. Hans' Blick huschte durch den Raum und hätte er Kraft genug gehabt, hätte er aufgeschrien.

Kein Wille, keine Kraft, kein Leben. Eine einfache Gleichung, die bei ihm doch nicht aufgehen wollte. Seine Enkel wollten sie nicht lösen. Nein, sondern weiter herumdoktern, das Endergebnis hinauszögern. So, als würde man über den Satz des Pythagoras beweisen wollen, dass die Erde eine Kugel ist. „Ginge bestimmt auch“, dachte Hans, „dauerte aber länger als andere Beweise.“

Hier lag er nun. Der Beweis, dass manche Menschen einfach nicht mehr leben wollten. Hans versuchte sich etwas seitlich hinzulegen, doch nach einigen Sekunden gab er entkräftet auf. Ein tiefes Seufzen entfuhr seinen schmalen Lippen, die runzelig und fast ockerfarben waren. Das ganze Gesicht des alten Mannes erinnerte eher an eine Karikatur denn an einen richtigen Menschen. Seine faltige Haut, die wenigen grauen Haare, eine klobige Nase und große Ohren waren Zeichen seiner 75 vergangenen Jahre.

Heute war sein Geburtstag.

Glücklicherweise hatte er die Schwester mit etwas Geld bestechen können und sie war so freundlich gewesen, sein Telefon auszustecken. Die Menschen waren faul und würden nach zwei erfolglosen Anrufen aufgeben und dann, falls er das Krankenhaus verlassen sollte, bei ihm zu Hause anrufen und erklären, dass sie ihn nicht erreicht hatten. Nur die wenigsten würden freiwillig dieses Gebäude betreten.

Einer aber, da war er sich sicher, würde es tun. Sein ältester Enkel. Matthias war 18, lebte nach einem großen Streit mit seinen Eltern alleine und absolvierte eine Ausbildung zum Reiseverkehrskaufmann. Große Träume hatte er nicht, der Junge war Realist. Und Hans so ähnlich.

Es dauerte bis zum frühen Mittag, bis zum ersten Mal jemand das Zimmer betrat, der nicht dafür bezahlt wurde, Hans am Leben zu erhalten. Hans' ältester Sohn mit Frau erschien und entschuldigte die kranken Töchter, die Grippe grassiere in der Schule und man wolle den geschwächten Alten nicht anstecken. Nach 20 Anstandsminuten verschwanden die beiden wieder. „Manchmal", so dachte Hans, „fragt man sich doch, was da aus seinem Erbgut geworden ist." Ein großkotziger Schnösel wie sein Sohn sollte die Hälfte seines Erbmaterials in sich tragen? Er lächelte kurz, wobei sich die Falten um seinen Mund herum tief in seine Haut schnitten. Dann bekam er einen Hustenanfall, spuckte Blut und die Schwester kam hereingerannt.

Sie war noch keine zehn Minuten aus dem Zimmer, und Hans hatte noch nicht sein tägliches Ritual beendigt – das Zählen der 48 Deckenkacheln – da klopfte es erneut.

„Herein", rief er so laut er konnte. Selbst für ihn klang es nicht lauter als ein Flüstern.

„Na Opa, du klangst aber auch schon mal kraftvoller."

„Ich hätte nicht so oft jubeln sollen, als ich dir den Arsch versohlt habe." Als hätte er Matthias jemals gehauen.

„Alles Gute, du alter Mann." Sein Enkel beugte sich zu ihm über das Bett und versuchte, ihn zu umarmen, was aber nicht richtig gelingen wollte, da zu viele Schläuche im Weg waren.

„Wärst du nicht privat versichert, würden die dich einfach nach draußen legen und sich das viele Geld sparen." Matthias lächelte knapp, sein Großvater ebenso. Beide wussten aber, dass nun ein ernsteres Gespräch vor ihnen lag, das nicht einmal Matthias ins Lächerliche ziehen konnte.

„Wie geht es dir?"

„Fühle mich wie 18", sagte Hans und versuchte ein letztes Mal, sich um das Kommende zu winden. Matthias lächelte nicht und sah seinen Opa mit schiefem Kopf an.

„Ohne OP werde ich nicht mehr lange leben."

„Willst du?"

Ein längeres Schweigen folgte. Hans sah müde an die Decke. Wieso war sie eigentlich gekachelt und nicht einfach tapeziert?

„Opa?"

„Hm?"

Hans hatte sich immer gefragt, woher sein Enkel diese grünen Augen hatte. Sie waren so grün, wie man sich das Gras in Irland vorstellte. So grün wie die Hoffnung.

„Junge, es geht hier nicht ums Wollen, es geht ums ..."

„Natürlich geht es darum. Du musst doch nur sagen, dass du ein neues Herz willst, und schon bist du auf der Liste. Vielleicht findet man heute oder morgen eines für dich!"

„Auf der Liste stehen! Weißt du, wie viele Menschen darauf stehen? Weißt du es?"

„Nein, natürlich nicht, aber es gibt die Möglichkeit ..."

„Möglichkeit!", schnaubte Hans und musterte seinen Enkel kurz.

Noch nie hatte er ihn so erlebt. Wie er dasaß, nach vorne gebeugt, die grünen Augen starr auf ihn gerichtet, glänzend.

„Matthias", seufzte Hans und spürte für einige Sekunden ein kurzes Stechen in seiner Brust, „jeder Mensch, der vor mir auf der Liste steht, braucht das Herz nötiger als ich. Ich bin alt, ich habe alles erlebt."

„Warst du jemals in Amerika?"

„Matthias, darum geht es doch gar nicht."

„Also nein. Schon mal Schokoladeneis mit Käse gegessen? Oder Pommes mit Marmelade? Bestimmt nicht. Also sag mir nicht, du hättest alles erlebt."

Hans schwieg. Ein alter Schlager spukte durch seinen Kopf. Den Text kannte er nicht mehr, nur seine Füße wippten den gefühlten Takt mit. Sofort wusste er, wieso er ihm gerade nun in den Sinn kam. Er hatte sie geküsst, damals. Und dann …

„Opa? Alles klar bei dir?"

„Wie bei trübem Wasser." Nicht mal er selbst konnte nun ein ernsthaftes Lächeln aufbringen.

Wenn er sein Geheimnis für sich behielt, mit ihm starb, würde Matthias nie verstehen können, wieso Hans so entschieden hatte – gegen eine weitere Chance. Aber niemand wusste es. Nur zwei Leute hatten jemals davon erfahren. Eine Person war schon lange tot, die andere war im Begriff zu sterben.

Es dauerte, bis sich Hans geräuschvoll räusperte. „Gib mir bitte ein Glas Wasser." Matthias stand auf, ging einen halben Schritt nach vorne und reichte Hans das halb gefüllte Glas. Er hätte auch selbst danach greifen können, doch so hatte er noch einige Sekunden Zeit, sich seine Worte zurechtzulegen.

Wie ein Wasserfall rauschte das Wasser seinen Hals hinab, benetzte seine trockene Kehle in der Hoffnung, die richtigen Worte würden ihm so leichter kommen. Noch immer wusste er nicht, wie er beginnen sollte. Der Blick des Enkels wurde stechender, das Grün bohrender. Hans schloss die Augen und öffnete leicht den Mund. Ein wenig Speichel sammelte sich in seinem rechten Mundwinkel.

„Matthias, ich habe das Herz nicht verdient. Jeder andere Mensch verdient es mehr als ich. Jeder."

Natürlich verstand Matthias nicht, was Hans meinte. Woher denn auch? Aber er fragte nicht nach, sondern ließ seine Augen auf seinem Großvater ruhen und gab ihm die Zeit, die er brauchte.

„Ich war vor vielen Jahren so alt wie du. Gut aussehend, charmant, beliebt. Mädchen liebten das damals wie heute." Er lächelte schmal und hustete laut, bevor er mit leiser Stimme weiterredete.

„Ein Mädchen, Ella, war meine Freundin. Sie war wundervoll, brünett und liebenswürdig. Wohl der tollste Mensch, den ich jemals kennengelernt hatte. Wir liebten uns sehr." Vorsichtig fuhr er sich mit der Oberlippe über die Unterlippe und schaffte es, die Spucke im Mundwinkel unauffällig zu beseitigen.

„Plötzlich wurde sie schwanger und wir wussten nicht, was wir tun sollten. Wir hätten es unseren Eltern nicht sagen können, sie hätten uns vor die Tür gesetzt. Also behaupteten wir, einen Cousin von ihr in Bayern zu besuchen. Irgendwo in Franken, ich weiß nicht mehr, wo, aber wir hatten irgendeinen Ort ausgesucht, der nach *Nirgendwo* klang. Ihren Eltern erzählte sie das Gleiche. Mit dem Unterschied, dass es um meinen Cousin gehe."

Matthias hob seinen Blick von dem Körper des alten Mannes. Er drehte seinen Kopf und blickte hinaus aus dem Fenster, ließ seinen Blick über die herbstliche Landschaft schweifen. Lange schon hatte Hans nur noch den Ausschnitt gesehen, den er vom Bett aus mühelos erkennen konnte.

„Wir sind mit der Bahn nach Hamburg gefahren. Für uns war alles wie in einer anderen Welt. Die Hektik, die Autos, die ganzen Menschen. Männer in vornehmen Anzügen, Frauen in Kleidchen und mit rotem Lippenstift. Kein Schmutz im Gesicht wie bei den Bauern bei uns auf dem Land. Irgendwie hatte Ella die Adresse eines Arztes bekommen, der im Hinterhof ..." Hans versagte die Stimme und er deutete auf das Glas Wasser.

Es dauerte, bis Matthias zu seinem Großvater blickte und ihm nachschenkte. Kaum hatte dieser einen Schluck getrunken, blickte Matthias wieder aus dem Fenster.

„Abtreibungen machte er dort. Für viel Geld." Hans räusperte sich erneut und hatte das Gefühl, dass mit jedem Wort seine Stimme leiser wurde, ja fast unter dem Piepsen der Maschinen unterging.

„Ella starb dabei. Ich kehrte niemals wieder nach Hause zurück. Meine Eltern habe ich niemals wieder gesehen."

Das war es. Sein Geheimnis. Seine Sünde. Der Grund, weshalb sein Leben so gottverdammt war. Falls es einen Gott gab, würde er ihn hassen, ihn Hans, den Mann ohne Mut. Ohne Rückgrat. Der jeden Tag die Reue für sein Tun fühlte.

„Was hast du ihren Eltern gesagt?"

„Dass sie mich verlassen habe und ich nicht wüsste, wo sie hin sei." Matthias sah noch immer zum Fenster hinaus und schwieg.

„Hasst er mich jetzt", fragte sich Hans. „Verachtet er mich?" Er wollte ihn fragen, doch seine Kehle war zu trocken und Glas und Flasche leer.

Ohne ein Wort zu sagen, stand Matthias auf und ging auf den Flur. Die flackernden Neonröhren geleiteten ihn auf dem Weg zum

Schwesternzimmer, in dem er um eine neue Flasche Wasser bat.

„Solch einen Enkel wünscht sich jeder“, sagte die anwesende Dame und Matthias lächelte beschämt. Nein, er war kein guter Enkel. Er wusste, wie sich sein Großvater fühlen musste. Er hatte seine Ex-Freundin dazu gebracht, ihr Kind abzutreiben. Sie lebte, aber- ...

Er betrat den Raum. Er wollte es seinem Opa sagen. Sein Geheimnis. Auch er wollte gestehen. Als er die Flasche auf den Tisch seines Großvaters stellte, zuckte dieser nicht.

Matthias setzte sich auf den Stuhl und blickte aus dem Fenster. Das Piepsen war verstummt. Für einen kleinen Moment lächelte er. Noch circa 57 Jahre, bis er sein Geheimnis weitergeben würde.

***Alexander Karl*** *ist Jahrgang 1989, studiert Medienwissenschaft. Zahlreiche Kurzgeschichten wurden bisher veröffentlicht. Auch sein erster Jugendroman „Real Me – Die Suche nach dem wahren Ich“ ist im Jahr 2012 in Papierfresserchens MTM-Verlag erschienen.*

# Der letzte Abschied

Schwärme von Vögeln,
sie ziehen vorüber.
Die traurigen Augen,
sie werden müder.

Die bleiernen Lider,
sie fallen dir zu.
Verdient hast du sie,
die letzte Ruh.

Du gleitest hinüber,
ins Reich ohne Schatten.
Denk an schöne Stunden,
die wir mit dir hatten.

Und dennoch,
dein Tod war zu früh.
Die Fassung zu wahren,
eine unendliche Müh.

Der letzte Abschied,
er fällt uns schwer.
Denk immer daran,
wir vermissen dich sehr!

***Silvia Clauder*** *ist 18 Jahre alt und lebt in der Nähe von Pinneberg. Ihre Hobbys: Lesen, Schreiben, Singen, Waveboard- und Inliner fahren.*

# Elternbesuch

Er drückt den Knopf mit der Drei, die Aufzugtür schließt sich, jetzt gibt es kein Zurück mehr. Sanft schwebt er nach oben. Auf dem Flur der Onkologischen schlägt ihm der typische Geruch von Desinfektionsmittel und Pisse entgegen, ja er denkt wirklich „Pisse" und erinnert sich an das Altenpflegeheim, in dem er seinen Zivildienst geleistet hat. Damals wurde er zum ersten Mal mit dem Tod konfrontiert.

Nummer dreihundertzehn, hier liegt der Alte. Er zögert anzuklopfen. Was soll er sagen? Ihm die Hand geben? Er weiß es nicht und öffnet schließlich leise die Tür. Einen Augenblick dauert es, bis er sich in dem abgedunkelten Raum zurechtfindet. Das Bett steht am Fenster, die Vorhänge sind geschlossen, auf einem Tisch flackert eine Kerze und an der Decke hängt ein Fernseher. Seiner Mutter, am Krankenbett sitzend, schießen Tränen in die Augen. Sie streckt ihm die Arme entgegen, er geht auf sie zu, froh, ein Ziel zu haben. Auf ihn wirft er nur einen schnellen Blick, konzentriert sich lieber auf das tränenüberströmte Gesicht der Mutter.

„Junge, du bist da", sagt sie, „ich hatte schon nicht mehr mit dir gerechnet", und küsst ihn, als er sich zu ihr hinunterbeugt. Sie riecht säuerlich aus dem Mund, sie riecht immer aus dem Mund, wenn es ihr schlecht geht. Ihr Gesicht ist grau, gezeichnet von einem Leben mit dem Alten.

Er zieht einen Stuhl ans Bett und setzt sich neben sie. Wie es ihm gehe, will er wissen. „Falsche Frage", schießt es ihm durch den Kopf, er liegt im Sterben, der Krebs hat ihn aufgefressen. Jetzt, erst jetzt, riskiert er, den Alten genauer anzusehen. Die blütenweiße Bettdecke, darauf seine Hände, übersät mit Altersflecken, die Fingernägel unsauber, wie es sich für einen Automechaniker gehört. Seine Augen sind geschlossen, den Sohn hat er noch gar nicht bemerkt. Der versteht sofort, sieht unerträglichen Schmerz, nur noch einen letzten Rest Leben. Er kann sich gar nicht mehr abwenden vom Todgeweihten, bemerkt die Bartstoppeln, erinnert sich, wie schwer es war, die faltigen Männergesichter zu rasieren, eine seiner Aufgaben als Zivildienstleistender. An den Mundwinkeln des Alten kleben Speisereste, und da ist auch die Narbe an der linken Backe, als er sich in der Werkstatt an dem aufgebockten Auto verletzt hatte.

Die Tür öffnet sich, eine Krankenschwester betritt das Zimmer. Sie ist hübsch, er wundert sich, dass ihm das ausgerechnet hier auffällt. Sie kontrolliert das Atemgerät, in das der Alte hineinröchelt. Er kocht, hätte die Stationsschwester im Pflegeheim damals gesagt. So hört sich Sterben an.

„Alles so weit in Ordnung“, meint die junge Krankenschwester, und er schnuppert ihre Frische, sie duftet nach Zitrone. „Brauchen Sie noch etwas?“ Auch ihre Stimme klingt frisch, herrlich unverbraucht, so lebendig. Sie verlässt das Zimmer, er ist wieder allein mit dem säuerlich riechenden Atem seiner Mutter und den Geräuschen des Alten. „Jetzt ist er wenigstens nüchtern“, erlaubt er sich zu denken, denn meist hat er ihn besoffen erlebt, oder sollte er sagen *betrunken*? Nein, ein viel zu harmloses Wort, der Alte konnte nicht betrunken sein, dafür war er zu laut und zu bedrohlich.

„Er hat schreckliche Schmerzen“, sagt seine Mutter, „die haben sie nie in den Griff bekommen. Nicht mal mehr seinen Schnaps will er trinken.“

„Wenigstens etwas“, rutscht es ihm heraus. Sie schüttelt tadelnd den Kopf und verlässt das Zimmer, um sich im Klinikgarten die Beine zu vertreten. Seine Bemerkung tut ihm leid, nicht seinetwegen, sondern ihretwegen. Schließlich ist er wegen seiner Mutter gekommen, er ist immer nur wegen seiner Mutter gekommen. Wenn sie ihn anrief, früher, merkte er schon an ihrer Stimme, was los war. Oft hatte der Alte sie angebrüllt, nachdem er aus der Kneipe gekommen war, manchmal sogar geschlagen, es gelang ihr nie, ihn vom Weitertrinken abzuhalten. Dann machte sich der Sohn auf, schon längst nicht mehr zu Hause lebend, um seiner Mutter beizustehen. Enttäuschung, Ohnmacht, rasenden Zorn, alles auf einmal spürte er, wenn sie ihm die Tür öffnete. Gleich würde er wieder in sein Gesicht sehen müssen, in dieses unsagbar leere, sich auflösende

Alkoholikergesicht mit dem dümmlich offenstehenden Mund, aus dem der Speichel rann.

„Wir müssen ihn ins Bett bringen, allein schaffe ich es nicht", sagte seine Mutter verzweifelt, und auch diese Verzweiflung brachte ihn auf.

„Schmeiß ihn endlich raus", tobte er, „soll er auf der Straße verrecken."

Schließlich der Satz des Alten, der sich sogar auf seiner Wohnzimmercouch nur mühsam aufrecht halten konnte: „Willst du was sagen?"

Armseliger ging es nicht. Dazu die ihm so verhasste Geste, wenn er mit der linken Hand grob sein Kinn rieb, um sich den Speichel abzuwischen. Jedes Mal schrie der Sohn seinem Vater dieselbe Frage ins Gesicht: „Warum?"

Eine Antwort bekam er nie.

Hatten sie ihn ins Bett befördert, folgten die Abende mit seiner Mutter. Er saß noch nicht ganz, als sie schon zu reden begann, unablässig flossen ihr die Worte aus dem Mund. Was er ihr nachts antat, wie sie ihn unter dem Gespött der Saufkumpane aus der Kneipe holte, wie sehr sie sich dabei schämte, wie oft sie lügen musste, um ihm, dem Sohn, und anderen zu verheimlichen, dass der Alte schon wieder besoffen war. All das kannte er, schon unzählige Male hatte seine Mutter es ihm erzählt, beinahe in Verzweiflung ertrinkend. „Lass mich in Ruhe", hätte er ihr am liebsten entgegengeschleudert, aber er hörte ihr zu, bis sie schwieg.

Am nächsten Morgen, bevor der Alte in die Werkstatt ging, saß er am Frühstückstisch, das Gesicht wieder fest, sprach mit sicherer Stimme und konnte sogar freundlich sein. Wie sehr hatte der Sohn als Kind gehofft, seinen Vater auch am Abend nüchtern zu erleben, aber er wurde enttäuscht, immer.

Jetzt öffnet der Alte die Augen, der Sohn beugt sich vor, ihm entgegen, greift auf einmal nach seiner Hand. Er spürt einen Kloß im Hals, nicht mehr lange, und er würde ohne Vater sein. „Was ist mit mir?", denkt er und wird plötzlich überschwemmt von einer Welle von Trauer und Verlustangst. Gleichzeitig ärgert er sich, ist davon überzeugt, den Alten nicht zu vermissen. Wozu auch, schließlich ist er ein Säufer und Schläger. Aber auf einmal ist der Nachmittag aus seiner Kindheit wieder da, als er ihm sagte, der Hund sei überfahren worden, und er, der Sohn, sich in seinen Armen ausweinen durfte.

Was sagt man einem Sterbenden, wie soll man ihn anfassen? Erst da bemerkt er, dass er ihn längst angefasst hat. Die Hand ist schmal und knochig, verschwindet fast in seiner. Sein Vater sieht ihn an, hustet, lächelt sogar. Oder bildet der Sohn es sich ein?

„Kann ich was für dich tun, Papa?“, fragt er und ist überrascht, wie warm seine Stimme klingt. Wo ist sein Zorn, sein Hass? „Ob er fernsehen wolle“, flüstert der Sohn, denn es ist Sportschauzeit und die besten Momente hatte er mit seinem Vater beim Fußball. Er schaltet das Gerät ein, der Vater sagt nichts, der Sohn sagt nichts, es ist Schweigen zwischen ihnen. Das war nicht immer schlecht und ist es auch jetzt nicht. Sein Vater hat die Augen wieder geschlossen, sieht gar nicht hin.

„Warum auch“, denkt der Sohn und wünscht sich zurück in die Zeit, als eine Fußballsendung noch eine richtige Fußballsendung und sein Vater, zumindest manchmal, ein richtiger Vater war. Seine Mutter betritt wieder das Krankenzimmer, zusammen mit ihr harrt er weiter aus.

Erst spät erhebt er sich, denn er hat noch zu tun, sein Leben geht weiter. „Papa, ich komme wieder“, sagt er. Wie schnell die Zeit an seinem Bett vergangen ist.

Abends, er ist zu Hause, klingelt das Telefon. Noch bevor er abhebt, weiß er, es ist passiert: Der Alte ist endgültig gegangen.

*__Mathias Meyer-Langenhoff__ wurde 1958 im westfälischen Dingden geboren. Er studierte in Bonn und Münster Diplompädagogik und war danach in verschiedenen pädagogischen Berufen tätig. Seit 1993 arbeitet er als Lehrer für Pädagogik und Psychologie an einer Berufsschule. Er ist verheiratet und Vater zweier Töchter. Mit seiner Familie lebt er in Nordhorn, nahe der niederländischen Grenze. Zum Schreiben brachte ihn eine seiner Töchter. Da sie sich zum Einschlafen gerne Geschichten über die niederländische Insel Ameland erzählen ließ, begann er, sie eines Tages aufzuschreiben. Daraus entstand sein erster Roman für Kinder: „Die Hexe von Ameland“. Es folgten weitere Bücher: „Gefahr für Burg Bentheim“ und für Erwachsene „Hagemanns Welt“.*

# Steinreich

Wanke durch zwielichtüberflutete Gänge,
wo der Angehörige der Vergangenheit
kläglicher Feierlichkeit um seine Person
mehr als müde und vorerst letzte Ruhe sucht.

Auf dem unheimlichen Vorhof zum Himmelreich,
wie von gestaltendem Kirchenbediensteten
zwar nur sinngemäß, doch schier tröstlich versichert.

Auf dem Acker der schwarzblütigen Stecklinge,
die sich höchstens noch durch Holzverschläge gewühlt
und das ungemein hart durchwachs'ne Aufgedeih'n
der manche Seele sättigenden Üppigkeit
tatkräftigen Menschenhänden überlassen.

Auf dem Felde der betreffenden Inschriften
und der zur Symbolik gekreuzten Geraden
von tausendfach erlitt'ner Kühle beschlichen.

So übermäßig irdisch zur Einkehr gebeugt.
Schwerkraft hier noch entschlossener am Beine zerrt
und unschlüssiges Haupt in den Nacken verschiebt.

Nichts Öd'res als der Sternenhimmel von gestern.
Kein näherer Tod als der eigene.

***Wolfgang Rödig,*** *46 aus Mitterfels, hat einige Beiträge in Anthologien veröffentlicht. Seine Hobbys: Schreiben, Lesen.*

# Wachgeküsst

Ich konnte bisher all den Platz, den Walther für sich beansprucht hatte, noch nicht ausfüllen. Deshalb trieb ich oft. Wie ein nicht festgemachtes Boot. Pipo und Helen waren meine Anker. Pipo hieß eigentlich Pierre und war der Dorfpolizist. Nachdem ich mir den Kopf rasiert hatte, unterhielten wir uns sehr ausführlich über die anhaltende Hitze und den Wassermangel in der Provence. Später brauchten unsere Gespräche keine Krücken mehr.

Alleine schaffte ich es morgens nicht aufzustehen. Trotz all des gleißenden Lichts und der Hitze draußen war es in mir oft dunkel. Helen, meine englische Freundin, hatte inzwischen einen Schlüssel und kam jeden Morgen gegen neun. Leise tappte sie in mein dunkles Schlafzimmer, zog sanft die Vorhänge auf und rieb mir die eiskalten Hände, bis ich: „Ok, ok, ich tue es", seufzte.

Helen half mir beim Anziehen. Ich konnte meinen linken Arm immer noch nicht heben. Anschließend frühstückten wir gemeinsam. Das heißt, ich nippte am Kaffee und nagte an einem Marmeladenbrot. Helen aß wie immer ein Croissant, tätschelte sich seufzend den Bauch und trank zwei große Tassen Milchkaffee. Dabei plauderte sie über die Dörfler. Helen lebte seit zehn Jahren hier und kannte einfach jeden, weil sie Kochbuchautorin war und ständig Probeesser brauchte. Da sie exzellent kochte, gab es daran keinen Mangel. Sie hatte ein Herz so groß wie ein Scheunentor. Als ich ihr das sagte, entgegnete sie mir „Und den passenden Hintern dazu!" Wir gackerten, bis sie Schluckauf bekam und mir die Augen tränten.

Wolf küsste mir die Hände, wenn ich nach der wöchentlichen Chemo zu lange schlief. Am Abend ließ die Übelkeit nach. Pipo kam meist, wenn die Grillen am lautesten schabten. Helen brachte wenig später eine dünne Gemüsebrühe vorbei. Wenn ich mich bedankte, sagte sie: „Du tust mir einen Gefallen, ich muss die Rezepte ausprobieren, bevor ich sie in einem Kochbuch verwenden kann.“ Sie wusste, dass ich wusste, dass sie die faden Suppen, die sie für meinen chemogeschädigten Magen kochte, niemals in ihre Provence-Kochbücher aufnehmen würde.

Die ersten Tage nach der Abnahme des Verbands konnte ich mich nicht ansehen. Beim Duschen blickte ich an die Wand. Dann sagte ich mir: „Altes Mädchen, so kann das nicht weitergehen!“

Ich stellte mich vor den Spiegel, atmete tief durch und betrachtete lange die Narbe. Bis zur Rekonstruktion musste noch einige Zeit vergehen.

„Ein wunderbarer Moment, um endlich mit dem Bogenschießen zu beginnen!“ Helen sah mich mit offenem Mund an, als ich es zu ihr sagte. Wir lachten, bis sie Schluckauf bekam und mir die Augen tränten. Mir fiel auf, dass ich noch nie so viel in meinem Leben gelacht hatte wie jetzt, wo es nichts mehr zu lachen gab.

Als Walther auszog, beschloss ich, nicht mehr auf meine Linie zu achten. Aber ich bekam fast nichts herunter. Jetzt, wo ich dick werden wollte, nahm ich ab. Meine Haut schien zu groß und hing in losen Falten an meinem abgemagerten Gerippe.

„Du wirst schon wieder in dich hineinwachsen“, meinte Pipo, bevor er mich vorsichtig zum ersten Mal auf den Mund küsste.

Wolf war erst mit etwa zwei Jahren zu uns gekommen. Walther hatte den Bordercollie-Mischling auf der Straße aufgelesen und trotz Annoncen beim Bäcker wollte niemand ihn wiederhaben. Er war ein echter Unglücksvogel. Seine häufigen Unfälle waren spektakulär und zogen teure Besuche beim Tierarzt nach sich. Besuch verbellte er. Er war absolut erziehungsresistent. An der Leine flog ich hinter ihm her. Doch wenn ich nach Hause kam, tanzte er vor Freude. Mein Mann nannte das *bedingungslose Liebe*. Ich wusste, dass Wolf wusste, dass ich die Herrin der Hundekuchen war. Und trotzdem ...

Walther liebte Tiere. Das war das Erste, was mir an ihm auffiel. Er hatte eine Geduld und eine Zartheit im Umgang mit ihnen, die mich tief berührten. Das Zweite war, wie sicher er sich in allem war. Ich wusste nicht, was ich wollte – er genau. Wir heirateten, als ich 19 war. Da glaubte ich mich in Sicherheit vor all den beängstigenden Fragen eines selbstständigen Lebens. Ich dachte, er könnte mich mit derselben Intensität wie seine zahlreichen Haustiere lieben. Als ich meinen Irrtum entdeckte, hatten wir schon Babo.

Doch er war stolz auf seine zehn Jahre jüngere hübsche Frau. Er lenkte, ich sagte Ja und repräsentierte. Es gab viele geschäftliche Empfänge und immer ein neues Projekt. Er machte sich selbstständig. Wir bauten ein Haus in Südfrankreich. Erst für die Ferien, dann, als er aufhörte zu arbeiten, als Hauptwohnsitz.

Ich malte. Frauenporträts. Babo sagte: „Mama, worauf warten deine Frauen eigentlich?" Diese waren transparent, in Pastellfarben gehalten. In ihren großen Pupillen spiegelte sich oft ihre Umgebung. Sie saßen stumm, sehr gerade und bewegungslos auf ihrem Stuhl. Traurig sahen sie aus und unentschlossen. Ihren Blick kannte ich aus dem Spiegel.

Schwupp, waren dreißig Jahre vorbei.

Mein Krebs war nicht Teil unserer Projekte. Walther begleitete mich bei den ersten Krankenhausbesuchen widerstrebend, er hasste Krankheit. Mir wurde klar, dass mein Leben *jetzt* war. Richtig oder nicht. Keine Zeit mehr, um auf die Entdeckung zu warten, was ich eigentlich wollte. Meinen Krebs mochte ich nicht verstecken. Repräsentieren konnte ich nicht mehr. Als ich im Krankenhaus nach der Brustamputation aufwachte, war meine fehlende linke Brust wie ein riesiges Loch, in das ich fiel. Mein Mann stand schweigend vor meinem Bett. Wir blickten uns an. Leere.

„Ich möchte, dass du ausziehst."

Walther blickte mich erstaunt an, öffnete den Mund. Schloss ihn wieder. „Wie du willst." Zwei Sätze, mehr brauchten wir nicht, um dreißig Jahre zu beenden.

Er zog zu Irène. Sie war Krankenschwester am Klinikum in Aix en Provence, wo ich operiert worden war und ähnelte mir sehr – minus zehn Jahre und minus den Krebs. Wie praktisch für Walther. Irène wohnte auf einem heruntergekommenen Bauernhof. Da hatte Walther Projekte, bis er umfiel. Wolf ließ er ritterlich als Wachhund zurück.

Die Ehepaare, mit denen wir befreundet gewesen waren, meldeten sich nach Walthers Auszug nicht mehr. Das war mir recht. Dieser Teil meines Lebens war beendet. Dafür tauchte Helen auf. Wir hatten uns beim Bäcker gekreuzt, sie hatte meinen rasierten Schädel gemustert und am nächsten Tag lud sie sich bei mir ein. Sie stellte Fragen. Als ich zu weinen begann, nahm sie meine eiskalte Hand und massierte sie, bis sie warm wurde. Tags darauf brachte sie mir die erste Suppe und bald war klar, dass Helen sich als Teil der Hauseinrichtung betrachtete. Sie genoss Wolfs Küsse, wollte wirklich wissen, wie es mir ging, und hielt es auch aus, oft zu hören, dass es nicht ging.

Ich war noch nie so wütend gewesen. Alles in meinem Leben drehte sich um meinen Tod. Wie viel Zeit blieb mir? Wie sollte ich dieses Restleben möblieren? Wollte ich es überhaupt? Welchen Sinn machte so ein Leben?

Babo, meine Tochter, besuchte mich. Sie wünschte sich ein Porträt von mir. Ich war erstaunt, dass ihr Bild aussah, als wäre sie gerade im Begriff aufzustehen. Sie trug ihre grüne Lieblingsbluse und hinter ihr loderten die roten Bougainvilleas. Als Helen das Porträt sah, gab sie nicht eher Ruhe, bis ich auch ihres begann.

Abends im Bett konnte ich oft nicht einschlafen, weil mir die Angst vor dem Sterben einerseits und die Angst vor dem Leben andererseits die Eingeweide zerriss.

Helens Porträt machte gute Fortschritte. Nach ein paar Skizzen war klar, dass Helen nicht still sitzen konnte. Ihre grauen Locken wippten, während sie mich beim Malen musterte. Bevor ich es mich versah, fragte ich sie nach dem Sinn des Lebens. Sie tätschelte mir die Hand. „Ich könnte dir jetzt irgendetwas erzählen. Oder dir raten, dich gemeinnützig zu engagieren. Aber hängen wir die Latte doch nicht so hoch: Wenn wir da sind, erfüllen wir einen Zweck. Nennen wir es *Gottes Plan* oder den *Großen Zufall*."

***Anne Reinéry*** *lebt mit Mann und Kindern in einem kleinen Dorf unweit von Paris. Schon immer hat sie gelesen, irgendwann genügte ihr das nicht mehr und sie begann, selbst zu schreiben. Sie liebt psychologische Geschichten, aber auch heitere Kindergeschichten.*

# Das Leben geht weiter

„Das Leben geht weiter“,
sagen die andern ...
Meine Uhr bleibt stehn.

Die Geräusche gedämpft
Die Farben verblasst
Rot und Blau
Gerinnen zu Grau.

Der Tod kam leise
Er trennte – er verband uns
Ich bleibe zurück
Unbeweglich in dunkler Hülle.

„Das Leben geht weiter“, ...
Aber wohin?
Ohne dich?
Ohne mich?

Was bleibt?
Das Bild von dir
Deine Sicht der Dinge
Verbindet uns.

„Das Leben geht weiter ...“
Morgen mache ich
Den ersten Schritt ...

***Hanna Rein*** *wurde 1948 in Kassel geboren. Sie arbeitete als Lehrerin und hat bereits in verschiedenen Anthologien veröffentlicht.*

# Nicht allein

Der Regen klopft an dein Wohnzimmerfenster, draußen stürmt es und alle Blätter liegen längst auf der Erde. Du sagst, du willst dich nicht länger behandeln lassen und nimmst damit den Mantel vom Haken deines Lebens. Für dich ist bereits Winter.

Ich respektiere es und verstehe doch nicht, was es bedeutet. Der Schnee kommt und die Eisblumen am Fenster zeigen dir ihr schönstes Gesicht. Die Kälte tupft dir rosa Farbe auf die Wangen. Die Zeit vergeht, und als die Tage wieder länger werden, lässt die Sonne alles langsam erwachen. Ich bin so zuversichtlich, will an einem Frühlingstag mit dir auf dem Balkon sitzen, in Decken eingewickelt. Fühlen, wie die Frühlingsluft uns durch die Haare streicht, die Sonne unsere Gesichter wärmt, die ersten Krokusse und Märzbecher riechen. Du sagst mir mit deiner liebsten Stimme und voller Verständnis für meine Naivität, dass du das alles nicht mehr schaffen wirst. Es ist keine Zeit mehr. Ich höre deine Worte, aber nicht mit meinem Herzen. So verstehe ich erst spät.

In den letzten Stunden halte ich deine Hand. Nun endlich begreife ich und alles tut mir weh. Es sticht in meinem Hals, meine Wangen sind nass, meine Stimme zittert. Ungläubig. Verwirrt. Ängstlich. Ich will nicht, dass du gehst. Aber wir sind beide nicht allein. Wir sagen uns, dass wir uns lieben. Deine Hand liegt auf meiner, als du mir versicherst, dass du keine Angst hast vor dem, was kommt. Ich schon, aber es beruhigt mich.

Auf einmal siehst du Menschen und Wege, die ich nicht sehen kann. Ich weiß, dass du nun unterwegs bist. Als du nicht mehr sprechen kannst, erzähle ich dir, dass es regnet und stürmt, die Wolken sehr schnell ziehen. Wir lieben beide den Frühling, den Sommer, den Herbst und den Winter. Kurz danach trägt eine Windböe dich einfach fort. Es ist ganz leicht.

Mein Sommer ist trüb und neblig. Nichts scheint richtig und nichts scheint gut. Ich bin oft am Strand, blicke auf das Meer und warte auf ein Zeichen. Ich werfe Fragen in die Wellen, doch sie spülen keine Antworten an Land. Jetzt stehe ich wieder hier und blicke auf ein Jahr zurück. Hier, wo wir deine Asche ins Meer hinabließen. Ich spüre die Gischt auf meinen Wangen, eine Möwe schreit, die Luft ist salzig. Der Kreis ist geschlossen. Ich beginne zu verstehen und zu heilen.

***Simone Funk,*** *38 Jahre alt, in Kiel geboren, und wohnt seit 2002 mit ihrem Mann in Köln. Bereits veröffentlich wurde das Gedicht „Eisblumen" im Lyrikletter der Zeitschrift Kaskaden. Sie liest viel, schreibt gern Lyrik und Kurzgeschichten, ist gern auf Reisen und liebt Unterhaltungen mit Menschen. Ihr Garten ist ihre Erholung sowie gelegentlich Sport und Kochen. Ehrenamtlich engagiert sie sich für den Ambulanten Deutschen Kinderhospizverein.*

# Alle Menschen müssen mal sterben

Alle Menschen müssen mal sterben,
die Armen, ja selbst die Reichen,
aus dem diesseitigen Leben ins Jenseits entweichen.
Wie sie sich doch dann alle gleichen,
die bleichen
Leichen.

*__Raimund J. Höltich__ wurde1963 in Bad Bevensen geboren, wuchs aber in Hamburg auf. Im Alter von 24 Jahren begann er mit dem Schreiben, etwas später mit dem Malen, auch Musik ist ihm nicht fremd. Neben Veröffentlichungen in Zeitschriften kann er auch unter anderem Veröffentlichungen in Anthologien vorweisen. Derzeit lebt, schreibt und malt der Autor in Hamburg.*

# Er ist tot

Alle sitzen sie auf dem Boden. Alle. Elftklässler. Links und rechts den Gang entlang. Ich habe sie noch nie so still gesehen, so bedrückt. Ich gehe langsam zwischen ihnen hindurch. Bis zu meinem Klassenzimmer. Steige über Beine. Keiner hebt den Blick. Ich lasse mich neben sie fallen. Manche weinen. Weinen? Doch. Tränen laufen Wangen hinunter. Nasen laufen. Wimperntusche verschmiert. Er ist tot.

Die Lehrer kommen. Stumm. Fassungslos. Sie schließen die Klassenzimmer auf. Keiner rührt sich. Sie sagen nichts. Was auch.

Er ist tot.

An Unterricht ist nicht zu denken. Es kommt mir so unwirklich vor. So falsch. Am Freitagabend. Da war er noch auf der Party. Er hat getrunken, gelacht, geraucht. Wie immer. Er hatte so viele Freunde. War beliebt. Auch bei den Mädchen. War gut drauf. Nicht gut in der Schule. Ganz normal. War. Das kann nicht sein. So etwas passiert nicht. Nur in Filmen. In traurigen Büchern. In anderen Ländern. Wo die Menschen arm sind. Verzweifelt. Nicht hier. Mitten im Wohlstand. Die Lehrerin weint. Auch. Ein paar gehen raus. Sie dürfen. Schluchzen. Der Lautsprecher knistert. Eine Durchsage. Leise. Der Direktor mit belegter Stimme.

Er ist tot.

Es gibt ein Kondolenzbuch. Im Zimmer 204. Wir gehen hin. Die Schule ist so leise. Ganz. Eine Schlange vor der Tür. Wir stellen uns an. Mädchen liegen sich in den Armen. Suchen Trost. Trost?

Er ist tot.

Er ist weg. Er kommt nicht mehr. Nie wieder. Nicht zur Schule. Nicht in den Fußballverein. Nicht nach Hause. Die Schlange bewegt sich. Das Zimmer ist dunkel. Blumen. Kerzen. Ein Bild von ihm. Er lächelt traurig. Ich würde es echt gerne wissen. Hat er gesagt. Wie das ist. Von einem Hochhaus zu springen. Wie sich das anfühlt. Ich habe gelacht. Wie soll sich das anfühlen. Erst fliegst du. Und dann geht es schnell. Dann bist du weg. Ob man das spürt? Eher nicht. Ob er es da schon wusste? Die Seiten sind nass. Die Tinte verläuft. Mir fehlen die Worte. Seine Augen starren mich an. Lebendig. Aber.

Er ist tot.

Unser nächster Lehrer ist ratlos. Irgendwer fragt. Still. Ob wir zu der Stelle gehen können. Sie ist ganz nah. Sein Bruder war schon dort. Der Lehrer schaut uns Hilfe suchend an. Wollen wir das. Nein. Ich nicht. Ich habe Angst. Ich will das nicht sehen. Keiner sagt etwas. Stummes Einverständnis. Also gehen wir. Es regnet. Nur leicht, aber beständig. Wie passend. Der Wind fährt kalt durch die Klamotten. Meine Finger sind klamm. Wir frösteln. So irreal. Wie ein Film. Ein Theaterstück. Alles passt und doch passt nichts.

Er ist tot.

Ich weiß nicht. Was ich erwartet habe. Aber das nicht. Da ist. Nichts. Das Hochhaus ist nicht mal hoch. Vier Stockwerke. Vielleicht fünf. Keine Ahnung. Das Dach ist flach. Es ist so einfach. Viel zu leicht. Ein Schritt und ...

Der Asphalt ist sauber. Kein Blut. Keine Hautfetzen. Wie er wohl aussah. Mir wird übel. Die Feuerwehrleute und Notärzte. Die aufräumen mussten. Die Menschen, die sie riefen. Mein Magen.

Er ist tot.

Kein Auto fährt vorbei. Die Straße ist wie. Ausgestorben. Stille erdrückt uns. Trauer lastet schwer. Auf unseren Schultern. Verweinte Gesichter. Der Lehrer betet lautlos. Als ob. Das etwas nützen würde.

Er ist tot.

Es heißt. Sein Vater hätte ihn identifizieren müssen. Wir gehen. Was können wir auch tun. Außer Kerzen hinstellen. Die herunterbrennen. Oder der Wind ausbläst. Nachher ist die Beerdigung. Was kann in dem Sarg sein. Seine Familie. Tut mir so leid. Die Mutter. Der Vater. Die Schwester. Sie schweigen. Starr. Er hat nicht nur seins zerstört, sein Leben. Die Kirche ist eine Gruft. Schwarz. Schwer. Hoffnungslos. Den Pfarrer verstehe ich nicht. Das Schweigen rauscht in meinen Ohren. Ein Schleier liegt vor meinen Augen. So sinnlos. Sein Tod. Was er noch alles. Vor sich gehabt hätte.

Er ist tot.

Das Grab ist tief. Dunkel. Kalt. Die Erde feucht. Modrig. Begräbt ihn unter sich. Erstickt. Erdrückt. Auch uns. Ich kann nicht atmen. Die Zeit vergeht nicht. Und doch zu schnell. Er ist schon weg.

Er ist tot.

Die Blumen täuschen. Hoffnung vor. Und Leben. Werden verwelken. Und er liegt da allein im kalten Boden. Es wird schon dunkel. Nie wieder hell. Die Leute gehen. Auch die Familie. Sie werden wieder kommen. Ich kann nicht. Ich kann nicht mehr. Stehen. Ertragen. Ich falle. Ein lauter Schrei. Zerreißt die Totenstille.

Warum?

***Anja Popp,*** *16 Jahre, hat sich schon als Elfjährige an Papierfresserchen-Schreibwettbewerben beteiligt und kann auf zahlreiche Veröffentlichungen blicken. Ihr Hobbys: Lesen, Schreiben, Ballett tanzen, Klavier spielen, Theater spielen.*

# Was tun?

Es schlich der Tod in meinen Traum
Und brachte stumme Zeugen mit,
Sein Walten aufzuzeigen.

Sie lagen brach auf schwarzem Brett,
Gehauen über Marmorstein,
Gefällt am Bronzekreuz.

Kein Moderduft umwehte sie,
Sie waren steif und kalt wie Eis,
Das erst die Morgensonne schmilzt
Am jüngsten Tag.

***Xenia Cosmann*** *hat Geschichte und Philosophie studiert und in Museen, Bibliotheken und Archiven gearbeitet. Sie schreibt Lyrik, Kurzprosa und Romane, Arbeiten, die sich häufig an Kinder richten und „an das Kind in der Frau". Veröffentlicht hat sie Lyrik und Kurzprosa in Anthologien. Sie lebt in Berlin.*

# Gespenster

Als Carlotta fünf Jahre alt wurde, kam sie nachts in unser Schlafzimmer gelaufen. Sie habe Albträume, teile sie uns mit. Und in ihrem Zimmer lebten Gespenster. Wie sich herausstellte, war der kleine König aus dem Kinderkanal von dunklen Mächten zum Abendessen verspeist worden und diverse Gespenster suchten sie des Nachts in ihrem Zimmer heim. Ich versuchte, ihr zu erklären, dass es sich nur um Träume handele, die niemals wahr werden können. Es gäbe schließlich keine Gespenster, und der kleine König sei ja nun allabendlich immer noch immer im Kinderprogramm zugegen. Aber das tröstete Carlotta nicht. Die Gespenster seien da, behauptete sie. Und der kleine König sei tot, sie habe es genau gesehen. Und sie habe nun mal Angst. Und die Angst ginge auch nicht weg. Ich dachte kurz darüber nach. Auf ihre Weise musste ich ihr recht geben. Wenn mir auf der Aussichtsplattform des Kölner Doms jemand erzählt, Höhenangst sei nur eingebildet, ändert das schließlich nichts an meiner Gesamtverfassung.

Es galt also, das Problem beim Schopf zu packen. Wir saßen am Abendbrottisch. Ich schmierte ihr ein Brot und tat beiläufig. „Du hattest übrigens recht. Der kleine König ist wirklich gegessen worden." Sie starrte mich mit großen Augen an. „Aber das war nur eine Marzipanfigur vom kleinen König. Der echte kleine König sitzt jetzt gerade in seinem Schloss am Tisch und isst ein Salamibrot." Der Traum kam nicht wieder, aber die Gespenster blieben.

„Ich verspreche dir hoch und heilig, dass es keine Gespenster gibt", versuchte ich es mit der Vernunft. „Aber selbst, wenn sie kommen, was sollen sie dir denn tun?"

„Sie kommen jede Nacht. Und sie wollen mich töten."

„Okay. Dann ruf mich, wenn sie kommen."

Sie rief mich in der Nacht. „Wo sind sie denn?“, fragte ich und knipste das Licht an.

„Eben waren sie noch da. Wenn es hell ist, gehen sie weg.“

„Wie viele sind es denn? Zwei?“ Es stellte sich heraus, dass sie von einer ganzen Armee von Gespenstern heimgesucht wurde. Ich legte mich auf eine Matratze vor ihrem Bett. „Dann warten wir eben zusammen, bis sie zurückkommen.“

In der Nacht schlief Carlotta durch. In der darauffolgenden Nacht kam sie ins Schlafzimmer gerannt. „Sie sind wieder da.“

„Okay.“ Ich sprang aus dem Bett. „Hier bist du in Sicherheit. Die knöpfe ich mir jetzt vor.“ Ich lief in ihr Zimmer und wartete eine Weile. Ich öffnete die Haustür und schloss sie wieder. Danach betätigte ich die Toilettenspülung.

„Alle weg“, sagte ich fröhlich, als ich zurück ins Zimmer kam.

Sie war skeptisch. „Wirklich *alle*?“

„Meinst du, wir lassen es zu, dass die Gespenster dich nachts ärgern? Die sollen woanders hingehen. Wir wollen die bei uns nicht haben.“

„Aber wie hast du sie verjagt?“

„Ich habe sie rausgeschubst und getreten. Sie sind ganz weit geflogen. Ein paar habe ich die Toilette runtergespült. Die kommen ganz sicher nicht mehr wieder.“

„Runtergespült?“ Sie fing an zu lachen.

„Die schwimmen jetzt irgendwo im Rhein“, antwortete ich.

Ab jener Nacht suchte uns kein Gespenst mehr heim.

Ein Jahr später wurden die Ängste real. „Es ist ein Alter, in dem sie sich sehr intensiv mit dem Tod auseinandersetzen“, erklärte mir eine befreundete Psychologin. Carlotta hatte seit der Beerdigung meiner Großeltern nicht mehr bei anderen Kindern übernachtet. Abends mussten wir ihr versichern, dass wir am nächsten Tag noch leben würden, wenn sie aufwachte. Sie hatte damit begonnen, ihre Tage in feste Zeitfenster zu unterteilen. Kam ich wenige Minuten zu spät, geriet sie in Panik.

„Wir müssen versuchen, ihr den Schrecken und die Angst vor dem Verlust zu nehmen“, so der psychologische Ratschlag. In einem Buchhandel fanden wir ein Buch mit dem Titel *Die schönsten Be-*

*erdigungen der Welt.* Es handelte von Kindern, die im Wald nach verstorbenen Insekten und Kleintieren suchten, um sie im Rahmen einer feierlichen Beerdigung zu begraben.

„Hat dir die Geschichte gefallen?“, fragte ich, nachdem wir das Buch gelesen hatten. Carlotta zuckte die Achseln. „Nicht so richtig.“

„Und warum nicht?“

„Das sind Tiere. Ich habe trotzdem Angst, dass ihr sterbt.“

Das leuchtete ein, nur hatte ich keine Idee, wie ich diese fundamentale Sorge hätte lösen können. Ich holte mir weiteren Rat.

„Weißt du, was das Gute ist?“, fragte ich einige Zeit später vor dem Einschlafen. „Das Gute ist, dass jeder Mensch einen eigenen Detektiv hat.“

„Was für einen Detektiv?“

„Hast du nicht gewusst, dass in jedem Kopf ein kleiner Detektiv wohnt? Er hilft dir, wenn du mal nicht weiterweißt.“ Man konnte ihr ansehen, dass sie mir nicht glaubte.

„Wie stellst du dir denn deinen Detektiv vor? Ich male ihn für dich auf.“ Carlottas Detektiv war ein freundlicher kleiner Mann mit einer dicken roten Nase und einem karierten Anzug.

„Hat er eine Brille?“

„Nein.“

„Aber eine Lupe braucht er doch sicher. Damit er alles besser sehen kann.“

„Na gut.“

„Hat wirklich jeder so einen?“, fragte sie nach einer Weile.

„Jeder. Aber alle sehen anders aus. Dieser hier gehört jetzt nur dir. Ich malte ihm einen großen Werkzeugkoffer in die Hand. „Sollen wir deinen Detektiv jetzt mal auf Spurensuche schicken und herausfinden, dass es keinen Grund dafür gibt, zu denken, dass wir sterben?“

Eine Weile wurde der kleine Detektiv mit seinem Werkzeugkoffer zum *Sorge dich nicht, lebe*-Wegbegleiter unseres Alltags.

Eines Nachmittags kam sie ins Wohnzimmer. „Mein Detektiv hat mir gesagt, dass ihr gesund seid. Aber jeder stirbt irgendwann.“

Ich sah von meinem Buch auf. „Ja. Aber wir haben hoffentlich noch viel Zeit.“

„Wenn ich daran denke, habe ich Angst."

Ich stand auf. „Weißt du was? Wir begraben jetzt deine Angst."

„Wie denn?", fragte sie.

Wir holten einen Schuhkarton aus dem Schrank.

„Wie sieht der Tod denn aus? Mal ihn doch mal auf."

„Weiß ich nicht."

„Dann malen wir ihn so, wie wir ihn gerne haben wollen. Soll er schwarz und hässlich sein oder gönnen wir ihm, dass er bunt ist?"

Sie malte einen Kreis mit vielen Farben.

„Jetzt braucht er noch ein Gesicht. „Erst mal die Augen." Ich nahm den Stift. „Die sind geschlossen. Wir lassen ihn schlafen."

Carlotta nickte.

Ich gab ihr den Stift zurück. „Es fehlt noch der Mund. Muss er traurig oder böse aussehen? Das wäre doch eigentlich schade für ihn. Ich fände es schöner, wenn es ihm gut ginge. Was meinst du?"

Sie zeichnete einen Lachmund in den Kreis.

Wir holten einen Schuhkarton mit Watte aus dem Schrank und legten den Tod hinein. Den Karton packten wir in mehrere Lagen Zeitungspapier. Auf den Deckel schrieben wir mit schwarzem Edding das Wort *Angst*. Wir verschnürten das Paket, nahmen eine Schaufel und liefen in den Park. Dann hoben wir ein großes Loch aus und legten die Angst hinein. Auf die Erde steckten wir einige Zweige und Sträucher.

Auf dem Rückweg nahm ich ihre Hand. „Was meinst du? Könnte das vielleicht die schönste Beerdigung der Welt gewesen sein?"

Sie zuckte die Achseln. „Vielleicht", antwortete sie. Dann ließ sie meine Hand los und fing an zu rennen. „Fang mich doch", rief sie mir fröhlich zu.

*__Stefanie Maya Rennicke__, Jahrgang 72, ist PR-Beraterin und lebt in Köln. Es gibt bereits eine Erzählung in der Anthologie „Mausklick" von ihr (unter dem Mädchennamen Schönfeld).*

# Das Ende der Leere

Es gibt Tage, da wird man von einem befremdenden Gefühl erfasst. Eine Ahnung setzt sich fest und lässt einen nicht zur Ruhe kommen. Diesen einen Gedanken wird man einfach nicht wieder los. Die Gewissheit, dass etwas vergessen wurde, ist entsetzlich quälend. Eine so hartnäckige Empfindung. Sie schleicht sich in den unpassendsten Momenten in den Kopf. Wieder und wieder.

Im Auto: Hier sollte man sich konzentrieren.

Bei der Arbeit: Die ungeteilte Aufmerksamkeit wird für wichtigere Dinge benötigt.

Während der Überstunden: Hier möchte man endlich fertig werden.

Unter Freunden: Man sollte kluge Ratschläge für Probleme geben, die eigentlich zu unbedeutend sind, um überhaupt beachtet zu werden.

In der Kaufhalle: Es wird kurz vor Ladenschluss noch darin herumgehetzt, weil einem eingefallen ist, dass man seit Tagen in der eigenen Küche nichts Essbares mehr findet.

Sobald der eine Gedanke, diese vage Ahnung wieder Besitz von einem ergriffen hat, kann man sich nicht mehr ablenken.

Keine Konzentration, keine Aufmerksamkeit, keine Tipps.

Irgendwann liegt man im Bett. Erschlagen, ausgelaugt.

Die Tränen laufen ungehindert über das Gesicht. Warum?

Plötzlich kommt die schmerzliche Erleuchtung.

Nun weiß man, was vergessen wurde.

Es lag auf der Hand. Logisch, offensichtlich und dennoch so undenkbar. Vielleicht erklingt zeitgleich ein bitteres Lachen; man hätte eher darauf kommen müssen.

Das ist ein schlimmer Zustand.

Schlimm, weil man diesmal weiß, warum dieses Gefühl da ist.

Hoffnungslos, weil man denkt, es kann nichts daran geändert werden. Nach dieser Erkenntnis setzt das beängstigende Gefühl der absoluten Leere ein.

Es gibt Tage, da steht man am Morgen auf und denkt, es kann nicht elender werden.

Und dann kommt es richtig hart und doppelt schrecklich.

So viele klägliche Situationen, die einem das Leben in seinem Eifer vor die Füße wirft. Man kann nur die ehrlichsten und vielleicht letzten Geschichten für sich rausholen.

Aber wie kann man diese trostlose Leere vertreiben, wenn man sich selbst vergessen hat?

Ist das dann das Ende von allem?

Oder nur von einem selbst?

***Juliane Schiesel**, geboren am 26.04.1985, lebt mit ihrer Tochter in Halle an der Saale. Nach ihrer Ausbildung als Zootierpflegerin arbeitete sie für sieben Jahre in einem Wildpark im Schwarzwald. Sie hat drei aus dem Leben gegriffene Kurzgeschichten in diversen Autorenforen veröffentlicht und arbeitet zurzeit an einem Fantasy-Roman.*

# Leben und Tod Hand in Hand

Der Tod ... er ist nicht leicht. Aber was ist schon leicht? Höchstens das Wort Tod an sich, unheildrohend, aber nun mal nicht mehr. Es ist und bleibt ein Wort. Es hat nur die Bedeutung, die wir ihm zugestehen, nicht mehr. Und dennoch, es mag seltsam klingen, ist es eines der Wörter, die in der Luft hängen bleiben, sobald man es ausspricht. Wer könnte es leugnen, es bleibt an uns haften wie dunkle Schatten oder ein schlechter Traum. Das Wort hat die Angewohnheit, sich über die Gemüter zu legen. Schwer, hartnäckig, Furcht einflößend. Bis sich der Wunsch einschleicht, es wäre unausgesprochen geblieben. Die Sache ist nur die ... auch der schlimmste Traum verblasst, spätestens, wenn die ersten Sonnenstrahlen schläfrig nach der Dunkelheit greifen und sie schließlich vertreiben, hat sich die Erinnerung an ihn verflüchtigt. Ebenso verhält es sich mit diesem kleinen Wort. Tod. Nur drei kleine Buchstaben, sie sind nicht ewig anwesend. Aber der Tod an sich ... mit ihm verhält es sich anders. Er ist nicht leicht, weder zu verstehen, noch zu ertragen, und trotzdem ist er da.

Natürlich ist er das. Denn ohne Tod gäbe es kein Leben, da wär nur die beliebige Abfolge von Tagen. Und umgekehrt, ohne Leben gäbe es kein Tod. Wenn also Leben und Tod Hand in Hand gehen, wie kann eines der beiden dann nur schlechter sein als das andere? Man beantwortet diese Frage recht schwer, hat der Tod doch schon so viele, unzählige Menschen fortgenommen und ihre Lieben ohne Trost und Antworten zurückgelassen. Man kann in ihr Herz blicken und die Narben erkennen, die ihnen der Tod, aber auch das Leben, auf so grausame Weise zugefügt haben. Sie heilen langsam, diese Narben, erinnern einen an die Machtlosigkeit, die man mit einem Mal verspürt, die Verzweiflung, die Ungewissheit. An die eigene Vergänglichkeit.

Und schließlich bleibt einem nur das Warten auf die Zeit, die die Wunden vielleicht heilt, und auf Antworten, von denen wir wissen, dass sie uns niemand geben kann. Vielleicht wartet man auf etwas, das den Schmerz, den bitteren Geschmack der Wehmut lindert. Ich weiß es nicht. Man sehnt sich einfach, nach was, das weiß man selbst nicht so genau. Nach dem, was nie wieder sein wird? Nach der Stimme, die nie wieder erklingt? Vielleicht nach einer Person, die einen auf dem Weg begleitet, den man mit einem Mal gehen muss, die ohne Fragen da ist. Vielleicht nach einem Satz, der das Vertrauen ins Leben zurückbringt, auch wenn es ihn augenscheinlich gar nicht gibt.

Ich halte den Kopf aufrecht, senke den Blick vor dem Leben nicht, auch wenn es bedeutet, dem Tod ins Auge zu blicken. Ihm zum Trotz mache ich weiter, gebe dem Leben die Bedeutung, die ihm gerecht wird. Und neben den Narben, an dem leeren Platz im Herzen, trage ich die Erinnerung, fülle die Leere damit. Denn mehr bleibt einem nicht ... aber auch nicht weniger.

***Alexandra Meth**, 17 Jahre, wohnt in der Nähe von Fürth/Bayern. Sie hat einige Gedichte bei der Frankfurter Verlagsgruppe veröffentlicht. Neben Gedichten und Geschichten verfassen liest sie gerne, geht reiten und spielt Theater.*

# Das Leben ist das Ziel

Sterben? Jetzt genau in diesem Augenblick. Jede Sekunde. Jede Minute. Wärst du bereit? Mit dir selbst im Reinen? Bereust du? Weinst du? Hast du Angst? Deine letzten Worte und Taten – was wären sie? An was würdest du denken? Würdest du kämpfen oder in Frieden gehen? Wer wird an deinem Grab weinen und wer wird keine Träne vergießen?

Fragen über Fragen. Wo geht es hin? Was kommt nach dem Tod? Einem unbeschreiblichen, unumgänglichen und endgültigen Ereignis, das gleichzeitig die einzige gerechte und gleichzeitig die ungerechteste Sache der Welt ist?

Der Tod holt jeden. Er hält nicht inne vor Alter, Religion, Herkunft, Macht und Aussehen.

Der Tod holt jeden. Er bremst auch nicht vor Unschuldigen, vor Leuten, die eigentlich zu jung sind, vor Leuten, die nicht bereit sind, vor Leuten, die noch etwas in dieser Welt zu erledigen haben.

In der Angst vor diesem Schicksal, das uns allen letztendlich als Ziel bevorsteht, bemühen wir uns, den Zeichen der Zeit entgegen zu wirken. Uns abzusichern gegen Unerwartetes. Unmengen von Geld, Nerven und Tränen investieren wir, damit wir das Gefühl verdrängen können, dass unsere Uhr ablaufen wird. Dabei sterben wir innerlich. All unsere Kraft investieren wir in den Tod, indem wir ihn fürchten, ihn hinauszögern, verhindern wollen. Der Tod ist etwas, das alle erwartet. Ein Ziel, an das alle gelangen. Ein Zuhause?

Die Furcht lähmt uns, lässt uns die wenige Zeit, die uns bleibt, nicht genießen. Mit jeder Minute, die wir länger leben, werden wir uns nicht etwa des Lebens bewusst, sondern des Todes.

Was hilft und das Verdrängen einer Tatsache, einer Realität, die greifbarer und wirklicher ist, als unsere eigene Existenz? Sollten wir nicht das Leben nutzen, die Chance?

Kann man nicht das Leben als solches leben? Sich von den so menschlichen Zwängen und Ängsten auch lossagen zu können, und sein Leben und sich annehmen, wie es kommt? Mit hoffnungsvoller Neugier erwarten, was uns danach bevorsteht?

Wenn wir die kleinen Momente genießen, können wir glücklich darauf zurückblicken, und wenn es für immer aus ist, dann darf man guten Mutes sagen, dass man das Beste daraus gemacht hat.

Wenn man sich etwas bewusst werden sollte, dann der schönen Stunden des Lebens und nicht der letzten Stunden. Es gibt so viel zu entdecken, so viel zu sehen. Ein Leben reicht gar nicht dafür, und wenn jeder für sich ein Stück von dieser Welt mitnimmt, so bleibt sie im Ganzen für immer erhalten. Ein Puzzle aus Erinnerungen, aus Individuen, die von einer solchen Vielfalt geprägt sind, wie man sie nur finden könnte, wenn man jedes einzelne Lebewesen auf dieser Erde kennt wie seine engsten Vertrauten.

Wir sollten in das Leben investieren, in das Jetzt. Genießen und auskosten, was uns geboten wird. Farben sehen, fliegen lernen ohne Flügel zu haben, Träume zu behalten, selbst wenn sie längst verflogen sind, Liebe zu geben und zu erhalten, selbst wenn das Herz gebrochen ist.

Kosten wir das Leben aus, solange das Rad der Zeit sich für uns dreht. Den letzten Weg, den Weg nach Hause, können wir erschöpft und glücklich antreten. Wenn wir das Leben bunt malen können, können wir den Tod auch in Regenbogenfarben hüllen. Alles beginnt und alles hat ein Ende. Doch dazwischen ist, was wirklich zählt.

Das Leben ist das Ziel.

***Barbara Weiß*** *wurde 1994 geboren und wuchs in Kaufbeuren im Allgäu auf. Ihre Hobbys sind Bücher und Mangas lesen, selbst schreiben, spazieren gehen und mit Freunden Kaffee trinken gehen. Außerdem lernt sie seit 2 Jahren Japanisch in einem Volkshochschulkurs. In Regensburg absolviert sie derzeit ein Freiwilliges Soziales Jahr.*

# Schutzengel

Während ich starb, sah ich nicht, wie viele behaupten, mein Leben ein zweites Mal vor mir vorüberziehen. Ich sah nur sie.

Ihre Augen waren strahlend blau und hielten mich gefangen, obgleich sie den fröhlichen Glanz verloren hatten und stattdessen von Trauer erfüllt waren. Tränen rannen ihre Wangen hinab, tropften von dort wohl auf mich herab, denn sie kniete über mir, der ich auf dem Boden lag – kurz vorm Tode. Die Schmerzen waren vor einiger Zeit einer wohltuenden Betäubung gewichen – ja, ich spürte meinen Körper gar nicht mehr. Ich fühlte nichts. Nichts als meine alles durchdringende Liebe zu ihr. Was mich an meinem Tod am meisten bedrückte, war die Tatsache, sie zurücklassen zu müssen. Es würde dauern, bis sie mir folgen würde – und das war auch gut so, sollte sie doch ein erfülltes, glückliches, langes Leben haben. Ihre Lippen bewegten sich, versuchten mir letzte Worte zuzuflüstern, doch ich vernahm keines. Die Taubheit meines Körpers hatte sich auch über meine Ohren gelegt und nun wartete ich auf den Moment, in dem meine Augen ebenfalls ihre Arbeit einstellen und meine Welt in die Dunkelheit gleiten würde.

Ich hatte immer gedacht, der Tod wäre schwarz.

Stattdessen verlor meine Umgebung an Konturen, nur sie stach deutlich hervor, vor weißem Hintergrund. Keine Schatten umhüllten sie, als meine Lider sich schlossen und ich dennoch ihr Antlitz vor mir sah; keine Schatten, sondern pures, reines Licht. Es wurde hell – so hell, dass ich meine Augen schließen wollte, die doch schon geschlossen waren und ihr Gesicht von den Strahlen verschluckt wurde.

Plötzlich kehrte jedes Gefühl zurück. Ich spürte meinen Körper, all meine Sinne waren zurückgekehrt. Ich roch die frische Abendluft, fühlte die laue Brise auf meiner Haut, hörte das sanfte Rauschen und fühlte, wie ich auf meinen Beinen stand, nicht länger auf dem Boden liegend. Ein Blick an mir herunter offenbarte die Abwesenheit der tödlichen Wunden und dort, einen Schritt von mir entfernt, kniete sie über meine Leiche gebeugt in meiner Blutpfütze und umklammerte meine tote Hand. Der unbändige Wunsch überkam mich, zu ihr zu gehen, sie in den Arm zu nehmen, beruhigende Worte in ihr Ohr zu wispern, wie sie es für mich getan hatte, es für mich zu tun versucht hatte. Ich wollte den Schmerz von ihr nehmen, den sie meinetwegen erlitt.

Doch dann, in einem Moment merkwürdiger Erleuchtung, wurde mir klar, was im Augenblick meines Todes zu meiner Aufgabe geworden war und ein Lächeln erschien auf meinen Zügen.

***Karin Derksen,*** *geboren am 6. Mai 1993 in Minden, wohnt in Petershagen, beginnt im Herbst ihr Physikstudium und hat bisher zehn Kurzgeschichten und Gedichte in Anthologien veröffentlicht. In ihrer Freizeit beschäftigt sie sich nahezu ausschließlich mit dem Fantastischen, sei es in Form von Büchern oder Videospielen.*

# Genug Zeit

Die Furcht ist immer da,
ob Tod fern oder schon erschreckend nah.
Woher kommt die Angst vorm Ende?
Oder ist es bloß das Fremde?

Ein Leben ohne Sterben
wäre nicht das, das Paradies auf Erden.
Ohne Trauer, ohne Leid.
Für immer wir zu zweit.

Die Momente kostbar
wären nicht mehr rar.
Doch tausendmal erlebt,
sind sie nicht mehr angestrebt.

Der Tod voll Kummer zeigt
die Einzigartigkeit
des Menschenlebens
und seines täglichen Bestrebens.

Die Zeit rinnt mir durch meine Finger
und erscheint mir jeden Tag geringer,
da ich das Leben liebe
und gern für immer bei dir bliebe.

Doch irgendwann muss jeder einmal gehen
und die Welt sich weiterdrehen.
Jeder Tag ist ein Geschenk
und so bedenk:
Ich werde immer bei dir sein,
auch wenn der Tod uns trennt.

***Kimberly Celine Althoff** ist 17 Jahre alt und lebt in Dortmund. Sie veröffentlicht im Moment ihren Jugendkrimi „Tödliche Geheimnisse“ bei Papierfresserchens MTM-Verlag. In ihrer Freizeit liest und fotografiert sie gerne oder trifft sich mit Freunden.*

# Ngorongoro

Lächelnd blicke ich auf meinen schlafenden Mann. Vorsichtig strecke ich meine Hand aus und streiche über seine stoppelige Wange. Obwohl wir erst zwei Wochen verheiratet sind, habe ich schon herausgefunden, dass dies ihn am ehesten weckt.

War das wirklich erst zwei Wochen her, unsere überstürzte Heirat? Nie im Leben werde ich das Gesicht meiner Mutter vergessen, als ich ihr erklärte, dass es keine lange Verlobungszeit und auch kein rauschendes Fest geben würde. Nicht einmal für eine kirchliche Trauung hat die Zeit gereicht. Mein Mann legte keinen Wert darauf. Zwar war er in einem christlichen Haus aufgewachsen, aber bereits von seiner ersten Reise nach Afrika 1948 als Atheist zurückgekehrt. Das mit der Vertreibung aus dem Paradies könne so nicht stimmen, erklärte er mir bei unserem zweiten Treffen. Denn er habe es gesehen, es läge auf dieser Erde und nenne sich Serengeti.

Müde blinzelt mein Mann mich an. „Warum bist du schon wach? Es ist noch nicht mal hell!"

„Aber bald! Außerdem ist heute der Tag, an dem ich selbst fotografieren darf!"

„Unermüdlich …", knurrt mein Mann. „Manchmal glaube ich, du hast mich nur geheiratet, um nach Afrika zu kommen!"

„Aber sicher, nur deswegen!"

„Frau Bäcker, Zeit für Ihren Tee!", schiebt sich eine fremde Stimme in die intime Szene.

Nein, will ich schreien, doch es hilft nichts. Die Bilder lösen sich auf.

„Haben Sie gut geschlafen?", fragt ein freundliches, rundes Gesicht.

Zu mehr als einem gemurmelten Ja kann ich mich heute nicht durchringen. Zu schmerzhaft ist die Erkenntnis, dass alles nur ein

Traum war. Wieder einmal ein Afrika-Traum, wie mittlerweile jede Nacht. Letzte Nacht hatte ich wieder Auge in Auge mit dem Löwen gestanden, den ich zu spät gesehen hatte. Ich kann bis heute nicht begreifen, dass er sich damals einfach nur zurückgezogen hatte, anstatt mich zu zerreißen. Manchmal wünschte ich, er hätte es getan, dann läge ich jetzt nicht hier. Alt, zerbrechlich und mit Schmerzen. Die körperlichen lassen sich ertragen, nur die Seele quält mich jeden Morgen. Jede Nacht ist mein Mann jung und lebendig, jeden Morgen tot und seit fünf Jahren begraben.

Ich quäle mich mühsam in eine aufrechte Position. Heute bringt mich das fast an den Rand meiner Kräfte und ich frage mich schon jetzt, wann endlich der Abend da sein würde und ich mich schlafen legen könnte.

Vor ein paar Monaten hatte es mir noch Freude gemacht, die anderen Bewohner des Sonnenhofs mit meinen Erinnerungen zu unterhalten.

„Und Sie haben wirklich Fotos gemacht? Auf richtigen Forschungsreisen? Als Frau in den 50ern?"

Oh, ja, das hatte ich. Ich erzählte von den Raubkatzen, den Krokodilen und vor allem von den Herden, an die mein Mann und ich unser Herz verloren hatten.

Immer wieder waren wir den Millionen von Gnus und Zebras bei ihrer unermüdlichen Wanderung durch Kenia und Tansania gefolgt. Und immer wieder waren wir zum Ngorongoro-Krater zurückgekehrt.

„Frau Bäcker, träumen Sie mit offenen Augen?"

Ja, das tat ich wohl immer öfter.

„Frau Bäcker!"

Offenbar bin ich wieder eingenickt.

„Was ist denn heute los mit Ihnen!" Klingt das etwa besorgt? Selbst wenn, ich bin heute so müde, die Kraft, mich zu konzentrieren, kann ich einfach nicht aufbringen. Ich lehne mich in die Kissen zurück und wache erst wieder auf, als jemand an mir herumzupft.

„Der Blutdruck ist sehr schwach."

Das Herumgeschaukel fängt langsam an, lästig zu werden. Offenbar hat man mich in ein anderes Bett gehoben und fährt mich irgendwohin. Es stört mich nicht, denn vor meinen Augen beginnt der mächtige Rand des Ngorongoro-Kraters Gestalt anzunehmen.

Ich halte meine Kamera in den Händen, neben mir steht mein Mann, einen Notizblock und einen Bleistift in den Händen haltend.

„Was meinst du? Ob wir heute Glück haben werden?"

Ich betrachte den von Schwarz in Blau übergehenden Himmel über mir. „Ja", sage ich mit tiefster Überzeugung. „Heute ist ein guter Tag für Geburten."

Schon seit einer Stunde vor Sonnenaufgang sitzen wir angelehnt an eine der riesigen Schirmakazien da und warten auf die Gnus. Am Vortag hatten wir eine kleine Herde aus sicherer Entfernung beobachtet, um sicherzugehen, dass es sich um die erwarteten trächtigen Weibchen handelt. Tatsächlich hatten wir durch das Fernglas beobachten können, wie sich immer wieder das ein oder andere Gnu von der Herde entfernte und wenig später mit einem Kalb an der Seite wieder auftauchte.

Entspannt und doch voller Erwartung greife ich nach meiner Feldflasche und erstarre mitten in der Bewegung. Direkt vor mir tritt ein Gnu-Weibchen mit deutlich gewölbtem Leib in den Schatten der Bäume. Sie atmet schwer und ihr massiger Körper bebt unter den wellenartig hinüberlaufenden Wehen. Ihre Augen sind geweitet vor Schmerz und ich muss alle Beherrschung zusammennehmen, um mich ihr nicht zu nähern und ihr beruhigend zuzureden. Bewegungslos verharre ich und sehe zu, wie die Kuh sich mehrfach im Kreis herumdreht, bis sie den passenden Fleck zum Hinlegen gefunden hat. Kaum dass ihr Bauch den Boden berührt, erscheint das leuchtende Weiß der Fruchtblase an ihrer Hinterseite und wieder ein paar Sekunden später liegt ein winziges nasses Kalb neben ihr im Gras. Sofort springt die Kuh auf ihre Beine und beginnt hingebungsvoll mit der Fellpflege ihres Kindes.

Mit ruhigen Bewegungen greife ich zu meiner Kamera und es gelingt mir, das erste Kennenlernen von Kuh und Kalb auf Zelluloid zu bannen.

Plötzlich dreht sich die Kuh um und geht direkt auf mich zu. Ein Teil von mir freut sich, ein übergeordnetes Ich hingegen ist sich sicher, dies nie so erlebt zu haben. Die Kuh überwindet Meter um Meter und steht schließlich direkt vor mir. Intensiv steigt mir der typische Huftiergeruch in die Nase. Ihre großen braunen Augen starren direkt in meine. Sanft stuppst die Kuh mich an. Was will sie nur? Ich hatte so ein Verhalten schon häufig beobachtet. Normalerweise ist es für die Kälber reserviert, ein Aufruf zum Folgen. Will die Kuh, dass ich ihr folge?

Ein stechendes Piepen dringt kurz in mein Ohr, doch ich lasse mich nicht beirren und es auf einen Versuch ankommen. Vorsichtig folge ich der Kuh.

„Herzstillstand! Schnell! Maßnahmen einleiten!“

Die Geräusche und Stimmen betreffen mich nicht. Ich strebe an der Flanke der Kuh der Herde zu. Das freundliche, gleichförmige Muhen der Herde hüllt mich ein. Ich fühle mich sicher und geborgen zwischen den schweren Leibern. Plötzlich kommt Hektik in die Herde. Unsicher blicke ich mich um, doch dann höre auch ich das ferne Brüllen eines Löwen. Die Herde setzt sich in Bewegung. Panik überkommt mich. Ob ich ihnen folgen kann?

„Wie verlieren sie!“

Wer verliert hier wen? Wenn überhaupt verliere ich meine Herde. Doch aus irgendwelchen Gründen scheinen meinen Befürchtungen umsonst zu sein. Mühelos verfalle ich mit den anderen Gnus in einen schnellen Schaukelgalopp. Die Steppe bebt unter meinen Füßen – oder sind es Hufe? Plötzlich spüre ich überhaupt keinen Boden mehr. Die Herde hat sich in die Luft geworfen und ich mit ihnen. Ich steige höher und höher und doch ohne Angst. Ich fühle mich sicher und beschützt von den Gnus mit ihren fliegenden Mähnen und Bärten. Der Ngorongoro-Krater fällt unter mir zurück und endlich kann ich über seinen Rand in die unendlichen Weiten der Serengeti blicken. Ich bin mir sicher, am Ende meines Fluges wird mein Mann auf mich warten und die Herde Gnus wird mich sicher zu ihm geleiten.

Ein Klicken des Schalters beendet das schrille Piepen des Herzfrequenzmessers und Ruhe kehrt ein.

***Britta Voß*** *wurde 1979 in Bremen geboren. Sie lebt in Göttingen, wo sie auch studiert hat. Wenn sie nicht gerade in der Rechtsanwaltskanzlei ihres Ehemannes arbeitet, Nachhilfe in Englisch gibt oder an einer neuen Kurzgeschichte schreibt, liest sie gern und viel. Ihre Kurzgeschichten haben bereits Aufnahme in diverse Anthologien gefunden, unter anderem auch in den zweiten, dritten und vierten Band von „Wünsch Dich ins Wunder-Weihnachtsland“ und die beiden Bände von „Wie aus dem Ei gepellt“.*

# Aprilwetter

Es war sehr früher Morgen, als ich meinen Sohn das letzte Mal zum Bus brachte. Wir waren beide gut gelaunt. Er hatte beim Frühstück festgestellt, dass es schon fast Sommer sein musste, wenn ihm so früh schon die Sonne ins Gesicht schien.

Kein Wunder, denn wir lebten im fünften Stock. Wir traten nebeneinander aus der Tür und auf dem kurzen Weg sprang er neben mir her, schwenkte seinen Schirm und sang: „Heu-te ist Freitag, heu-te ist Frei-tag." Ich sagte nichts, sondern unterbrach ihn erst, als wir alleine an der Haltestelle standen.

„Ganz recht, heute ist Freitag. Und heute ist der Tag, an dem du dich von deinen Freunden verabschieden musst." Ich versuchte, ihn ernst anzublicken. „Schon vergessen, morgen fahren wir nach Russland." Er blickte ernst zurück, erwiderte jedoch nichts. Wie so oft versuchte ich zu erraten, was hinter seiner Stirn vorging, gab aber bald auf.

„Ich will da nicht hin", begehrte er plötzlich mit Tränen in den Augen auf und sah mich traurig an. „Ich weigere mich mitzukommen." Solche Worte war ich von meinem Sohn nicht gewohnt, er hatte sich nie über irgendwas beschwert. Aber dass er es ausgerechnet jetzt tun musste, schmerzte mich sehr, denn ich konnte nicht ohne ihn fahren.

Plötzlich hörte ich ihre Stimme in meiner Erinnerung, so klar, als stünde sie direkt neben mir. „Pass bloß auf ihn auf! Und zwing ihm bitte nicht deinen Willen auf, hörst du?"

Ebenso plötzlich kippte meine Stimmung und ich wurde ärgerlich, was noch viel zu milde ausgedrückt war. Natürlich nicht auf ihn, sondern auf mich, der ich so egoistisch war und einfach wegfahren musste, vor der Erinnerung floh. Nur hatte ich ihn nie gefragt.

Direkt neben der Haltestelle begann ein großes, nicht umzäuntes Grundstück. Niemand hatte es gewagt, einen Trampelpfad hindurchzubahnen, nicht einmal Jugendliche verbrachten ihre Freizeit dort und kleine Kinder fürchteten sich, wenn sie abends allein an der Haltestelle standen. Es war verwachsen und wirkte verwunschen.

Wie verwunschen, das wurde mir erst klar, als ich nach einiger Zeit zornigen Davonstapfens mitten darin stand. Die dicke Kastanie dort drüben hatte ihre großen, hellen Blätter schon der Sonne entgegengestreckt, die Linde mühte sich redlich, ebenso die beiden Obstbäume. Zwischen den noch kahlen Eichen und Buchen blühte schon lange eine Forsythie. Die Vögel sangen leise und verträumt vor sich hin.

Als ich verzweifelt auf die Knie sank und die Augen schloss, sah ich sie plötzlich vor mir. Mit einem glücklichen Lächeln breitete sie die Arme aus, fing unser Kind auf und warf es hoch in die Luft, bis es vor Freude lachte. Diesen Anblick ertrug ich nicht. Ich schlug die Augen auf und bemerkte, dass die Sonne verschwunden war. Dafür spürte ich, dass mein Sohn mir gefolgt war, und drehte mich kurz um.

„Geh, du verpasst deinen Bus." Das klang abweisender als gewollt. Doch es ging einfach nicht anders.

„Wieso willst du weg, Papa?", fragte er nach einer Weile. „Ich versteh das einfach nicht!"

Wie einfach wäre es doch gewesen, „Ich auch nicht" zu antworten!

Stattdessen sagte ich „Es ist halt so", wie alle Eltern, wenn sie nicht wissen, was sie antworten sollen. Ich hörte das Gras unter seinen Schritten, als er näher kam. In der Ferne rollte ein Donner.

„Aber …" Er klang jetzt noch trauriger. „Hier haben wir doch unsere Freunde. Du hast Freunde und ich habe Freunde. Die Omas wohnen beide hier und Moritz wird in Russland sicher erfrieren." Das stimmte allerdings, denn unser Kater war sehr kälteempfindlich.

Er trat vor mich hin und spannte den Schirm auf, das einsetzende feine Tröpfeln übertönte fast alle anderen Geräusche. Ich fixierte den Boden neben seinen Schuhen, hörte, wie er den Regen trank.

„Und außerdem …", er stockte, sodass ich den Blick hob und

ihn ansah, „… können wir doch dann gar nicht mehr zu Muttis Grab gehen.“

Ich weinte nicht, nein, alle Tränen waren geweint. Doch als das Gewitter über uns hereinbrach und ich meinen Sohn ganz fest in den Arm nahm, fiel mir erst auf, wie lang ich das schon hätte tun sollen.

*__Lisa Wagenknecht,__ 1988 geboren und aufgewachsen in Dresden, schreibt seit ihrem zwölften Lebensjahr realistisch-fantastische Kurzgeschichten. Sie ist diplomierte Übersetzerin für Englisch und Polnisch und lebt mit ihrem Mann und zwei Katzen in Dresden.*

# Für ein wenig Zeit

„Es ist an der Zeit, Frau“, gab der Tod beiläufig bekannt und hob seine Sense.

Auf den Tag genau sechsundachtzig Jahre sollte dieses Leben weilen, dessen Film wie üblich verschwommen durch seine Gedanken floss. Zeit besaß für ihn selbst freilich keinerlei Bedeutung, also genoss der Tod die erquickenden Momente von Erwachen, Erblühen und Erleben in aller Ruhe, während der geschliffene Stahl unaufhaltsam gen Lebensfaden schnellte.

Das althergebrachte Handwerk des Entgleitens hatte ihm sein Vater vertrauensvoll gelehrt und mittlerweile agierte er ob seiner Erfahrung besonders sanft und umsichtig. Auf den besonderen Fall dieser Frau jedoch war selbst er nicht vorbereitet.

„Stopp!“, rief sie entsetzt und hob die Hände schützend vors Gesicht. Verdutzt hielt der Tod inne. Offenbar und wider jedes Erwarten konnte sie ihn hören und sogar sehen. „Frau?“

Verschreckt blinzelte sie durch ihre Finger hindurch auf das zitternde Sensenblatt, welches einige Millimeter vor ihr begierig lauerte. Der Talisman ihres verstorbenen Ehegatten zeigte Wirkung, sie atmete noch. Möglichst würdevoll richtete sie sich auf, zog ihr Kleid glatt und blickte dem Tod direkt in die Augenhöhlen.

„Guten Tag, Gevatter. Mein Name lautet Isabel.“

Einige Sekunden verharrte ihre blasse, ädrige Hand einsam zum Gruß, dann packte der Tod unentschlossen zu.

„Sehr ... erfreut.“ Während er versuchte, sich zu entsinnen, knackten seine Knochen in einer langsamen, beinahe melodischen Weise. „Ich heiße wohl Tod.“

„Ich möchte gerne wissen“, sprach Isabel bemüht ruhig, sich mühsam dem klammen Griff entziehend, der ihren Arm erstarren ließ, „ob meine Zeit wirklich schon gekommen ist.“

„Dies sei dir versichert", meinte der Tod höflich und erhob sein stählernes Werkzeug erneut.

Nun endlich ohne Angst lächelte sie ihn an. „Ich wünsche, den Befehl schriftlich zu sehen."

Mit weit offenem Mund ließ der Tod die Sense zu Boden sinken.

„Ist dies denn nicht möglich?", fragte Isabel scheinheilig, während in ihrem Kopf der Plan Gestalt annahm.

Bedächtig kratzte sich der Tod am Schädel. „Unseren Gesetzen nach besitzt jeder Kunde ein Recht auf Akteneinsicht, wenngleich dieses bisher niemand wahrgenommen hat."

„Bestimmt ist eure bescheidene Präsenz auf Informationsabenden schuld daran", konnte sich Isabel eine Spitze nicht verkneifen.

Die Temperatur im Raum fiel um mehrere Grad, dennoch kramte der Tod umständlich ein kleines braunes Büchlein aus seiner Kutte und streckte es ihr entgegen. „Hier, Frau, die Seite wird dich finden."

Isabel indes unternahm keinerlei Anstalten, das Heft ihres sicheren Niedergangs in die Hand zu nehmen. „Ich kann das jetzt nicht lesen", verkündete sie mit Leidensmiene, „da ich wirklich dringend auf Toilette muss."

Mit diesen Worten schritt sie, ohne den Tod noch einmal anzusehen oder auf seine Einwände zu hören, eilig zum Bad, schloss die Tür hinter sich zweimal ab und sank zufrieden seufzend hernieder.

„Eure menschlichen Bedürfnisse sind wahrlich zutiefst erstaunlich", schmunzelte der Tod, welcher sich auf dem Waschbecken sitzend materialisiert hatte. „Auch die Anatomie des …"

„Raus!", brüllte Isabel mit hochrotem Kopf … und tatsächlich entschwand der schamlose Schemen hinweg ins Wohnzimmer.

Viel gab es in dem kleinen Haus nicht zu sehen, dennoch gab der Tod seiner Neugierde nach und schnüffelte in noch so kleinen Ritzen herum. Das weißgraue Bild vergangener Zeit, die welke Blume auf dem Tisch, die erloschene Kerze – all dies war ihm bekannt und keiner Beachtung wert. Er suchte allein nach dem sorgfältig versteckten Überbleibsel jenes schreibenden Mannes – denn auch ein mystisches Geschöpf befallen süße Glücksgefühle, sobald es Verborgenes entdeckt.

Das bloße Wissen um die Existenz des Briefchens genügte keineswegs, es musste gefasst, entfaltet und hektisch gelesen werden, und so blickte der Tod entzückt auf die verblassten Buchstaben, die seine knöchernen Finger stolz emporhoben.

*Liebste Isabel,*

*sollten diese Zeilen gelesen werden, wirst du nicht mehr lange zu leben haben. Einige Sekunden mehr des Wandelns auf Erden sollen das letzte Geschenk sein, welches ich dir zu geben fähig bin.*
*Jenes Medaillon unserer goldenen Hochzeit wird mittlerweile seine Pflicht erfüllt haben. Ich hoffe, du erkennst seine Macht, die Schatten zu enttarnen, und bist nicht zu verschreckt. Trage bitte dafür Sorge, es sicher zu verwahren.*
*Meine oftmals erzählten Märchen über das Walten des Todes sollten dir weiterhin genügend Wissen geben, ihn hinzuhalten, während schließlich die bislang wohl gehüteten Geheimnisse in diesem Brief seine Aufmerksamkeit binden werden.*
*Liebste Isabel, dieser Brief ist allein für dich bestimmt und doch wirst du ihn niemals lesen. Ich bitte darum den finsteren Eindringling in unserer Stube, dir von meiner bis zum letzten Atemzug währenden Liebe zu berichten.*
*Dir so viele zarte Küsse wie Sterne am Himmel und ihm einen Gruß*

*Gregor*

Zitternd vor Wut und sich all der Schmach gewahr legte der Tod das vergilbte Papier zu Boden und ließ es mit einem einzigen Blick zu Staub zerfallen. Was war nur diese Liebe, wegen der Jahr und Tag sein Plan durcheinandergeriet? Mühsam um Fassung ringend schritt er zur Badtür und trat sie mit einem wuchtigen Tritt aus den Angeln. „Frau, es ist Zeit“, knurrte er die Sense schwingend, machte dem verlassenen Porzellan damit jedoch keinerlei Angst. Grimmig blickte er aus dem offenen Fenster und überlegte tatsächlich kurz, mühsam hinterherzuklettern. Je länger er mit Menschen Umgang pflegte, desto abstruser wurden seine Ideen.

Einen Augenblick später stand er vor Isabel. „Dachtest du wirklich, mir entfliehen zu können?“ Seufzend schüttelte Isabel den

Kopf. „Darum ging es nie, verehrter Herr. Ich brauchte nur noch ein paar Sekunden für uns zwei.“

Erstaunt blickte sich der Tod um: Sie standen vor den schmiedeeisernen Toren, die zum Friedhof führten. „Eine Lüge, nur für ein wenig Zeit?“

„Solange ein guter Grund vorhanden ist, kann es keine Lüge sein“, widersprach ihm Isabel. „Mein Gregor freut sich stets, wenn ich ihn besuche. Zum Abschied habe ich ihm das Medaillon mit unser beider Bild aufs Grab gelegt.“

„Gerne gäbe ich dir die Möglichkeit, gemeinsam mit mir noch einige Stunden hier zu verweilen“, gab sich der Tod einsichtig und reichte ihr die Hand. „Zeig mir mehr von eurer Liebe, Frau.“

Doch Isabel durchschaute sein Vorhaben sofort und breitete rasch die Arme aus. „Dies ist ein Ort der Ruhe, nicht des Todes. Ich werde mich hüten, dir den Zutritt zu ermöglichen.“

Bedrohlich baute sich der Tod vor ihr auf und Schwärze schoss aus seinem Mantel, wirbelte wild durch die Luft und legte sich bedrückend kalt um ihren Körper. „Frau“, bohrte sich seine Stimme krächzend in ihr Ohr. „Lass mich ein!“

Stocksteif und starr stand Isabel dem Furcht einflößenden Nachtgespenst gegenüber, aber nicht vor Angst, sondern aus Dickköpfigkeit. Obwohl ihr Herz beinahe versagte, war ihr letzter Entschluss gefasst – diesem musste sich selbst der Tod beugen.

„Eine erstaunliche Leistung“, ließ er fröhlich verlauten, und so schnell, wie sie aufgezogen war, verflüchtigte sich die Spannung wieder. „Dir überbringe ich gerne die zahllosen Küsse deines Mannes.“

Völlig außer Atem griff Isabel ihm in die Kutte. „Dann hast du also von Gregor gehört?“ Schwindelig schnappte sie nach Luft, fasste sich an die Brust. „Gibt es wirklich ein Leben auf der anderen Seite?“

Ein letztes Mal erhob der Tod seine Sense. „Du wirst schon sehen, Isabel.“

***Maximilian Isaac Rex,*** *geboren 1990, ist Mathematikstudent aus Leidenschaft und lebt abwechselnd in Halle an der Saale und im Geiseltal. In seiner Freizeit versucht er sich an allerlei Kurzgeschichten, dies hier ist seine erste Veröffentlichung.*

# Still

Es ist still.
Zu still.
So still, dass man die Regenrinne tropfen hört.
Das Telefon im Nachbarhaus.
Das Fließen meines Blutes in meinen Adern.
Etwas fehlt.
Ein Lachen.
Ein Lachen, das die Stille durchbricht.
Das Lachen meiner Tochter.

Es ist genau zwei Monate, eine Woche und vier Tage her,
seitdem sie mit meiner Frau gegangen ist.
Meine kleine Tochter.
Die noch nicht versteht, was passiert ist.
Dass sie als Rachemittel benutzt wird.
Für die Rache ihrer Mutter.
Meiner Frau.
Wir hatten uns doch im Guten getrennt.
Dachte ich.

Es war mein Wunsch.
Doch seitdem wir uns jetzt nur noch streiten,
darf ich meine Tochter nicht mehr sehen.
Statt meiner Tochter bekomme ich den Anwalt.
Jetzt habe ich alles verloren, was ich noch hatte.
Verzweiflung.

Es ist still.
Zu still.

So still, dass man die Regenrinne tropfen hört.
Das Telefon im Nachbarhaus.
Das Fließen meines Blutes auf den Boden.
Das Fallen des Messers aus meiner Hand.

***Lili B.*** *ist siebzehn Jahre alt, kommt aus Münster und besucht dort ein Gymnasium. In ihrer Freizeit macht sie Musik und tanzt für ihr Leben gerne. Sie schreibt viele Geschichten, die allerdings noch nicht veröffentlicht wurden.*

# May-Belle

Ich treibe in schwarz-blau schimmernden Wellen
schon seit so langer Zeit.
Einst war ich die ewige Schöne,
überall und weit und breit.
Mein Haar wuchs karamellbraun über meine Hüfte,
mein lieblicher Gesang hob Männer sooft in die Lüfte.
Meine Augen gelb, wie die eines Raben,
tief-dekolletiert oder zugeknöpft, alles konnte ich wagen.
Meine Ausstrahlung war speziell, originell,
mein Name war und ist May-Belle.
Einst war ich eine auffallende Knospe,
dann eine wunderschöne Blüte
auf einer Wiese voll anderer Blumen.
Nun wird hinzukommen
ein graues Haar nach dem anderen,
um die Augenlieder wird es schlaff.
Ich dachte, dass ich immer alles schaff
Doch es macht mir Angst, mich so zu sehen,
so zu sehen, mein Leben davon gehen sehen.
Das mystische Wasser der tiefen Wellen,
das mir einst meine Jugend spendete,
mein Leben gab und mich in Glanz erhellen ließ,
verschwindet immer mehr.
Bald spür ich es nicht mehr.
Nicht mehr, sondern spüre schon den Untergrund
im einst so tiefen, tiefen Meer.
Bald sehe ich kein Wasser mehr, bald sehe ich nie mehr.
Mein Augenlicht wird schwinden,
sehe sogar mich nicht mehr.

Das ist auch besser so, denn den Anblick
könnt ich schwer ertragen.
Einst war ich so schick,
Doch Schick ist vergänglich,
wie alles hier auf dieser Welt.
Es gibt nichts, was ewig hält,
kein Geld, keine Blumen, keine Bäume, kein Leben.
Irgendwann wird es nichts mehr geben.
Drum bedenke dies stets
und nimm mit, was immer du kannst.
Lebe jeden einzelnen Tag,
egal wie er dir auch vorkommen mag.
Solange du fühlst und spürst ist noch nichts vorbei.
Und irgendwann, dann kommt die Zeit,
da wird Gott dein Wesen entzwein.
Deine Hülle bleibt auf irdischem Grund
des tiefen, tiefen Wassers.
Deine Seele steigt auf ins Ungewisse,
macht dich aber für die Nachwelt nicht blasser.
Denn man wird an dich denken,
dir seine Liebe immer noch schenken.

Dies lass dir sagen von einer Dame namens May-Belle.
Sie war sehr speziell, originell und wunderschön.
Sie starb mit Würde, genoss jeden Tropfen des Wassers,
der ihr zur Verfügung stand.
Und nun schwebt sie neben mir
in einem wehend weißen Gewand.
„Für dein Nachleben bestell'
dir einen Stern."
Dies sagte mir May-Belle.

*__Luisa Nicole Zech__ ist achtzehn Jahre alt und kommt aus Schwallbach. Sie hat gerade ihr Abitur abgeschlossen und liebt es zu schreiben. Besonders inspirierend findet sie die Werke von Joanne K. Rowling und Edgar Allen Poe. Des Weiteren drückt sie sich beim Ballett, Breakdance oder an der Gitarre aus.*

# An einem ganz normalen Tag

Endlich ist das Wetter wieder schön. Der Winter war lang und kalt, aber heute scheint die Sonne. Sie strahlt richtig und taucht die ganze Wohnung in ein helles Licht. Ich fühle mich fröhlich und energiegeladen wie schon lange nicht mehr. Schnell möchte ich die Wohnung saugen und das Mittagessen kochen. Dann werde ich meine Kinder abholen und am Nachmittag etwas Nettes mit ihnen unternehmen.

Ich packe den Staubsauger aus und beginne Spielsachen vom Boden aufzuheben, als mein Handy klingelt. Das Display zeigt den Namen der Lebensgefährtin meines Vaters an. Ich bin sicher, es ist mein Vater selbst, der sein eigenes Handy wieder einmal nicht aufgeladen hat.

Mein Vater hat sich vor mehr als 15 Jahren von meiner Mutter getrennt und lebt jetzt fast 500 Kilometer entfernt bei seiner Lebensgefährtin in einem kleinen Dorf. Leider sehen wir uns selten und ich freue mich immer, wenn er sich meldet. Mit fast ausgelassener Fröhlichkeit melde ich mich am Telefon. Doch es ist nicht mein Vater. Es ist wirklich die Lebensgefährtin.

„Ich habe heute leider eine schlechte Nachricht", sagt sie einleitend und dann noch etwas, das ich nicht verstehe. Was hat sie gesagt? Ich spüre ein unbestimmtes Gefühl von Panik in mir aufsteigen. „Dein Vater ist heute gestorben", sagt sie.

Ich kann es nicht glauben. Ich habe das Gefühl, dass ich zusammenbreche. Immer wieder rufe ich „Nein! Nein!" Es kann einfach nicht sein, es darf nicht sein. Mein Vater, 59 Jahre alt, 13 Jahre jünger als seine Lebensgefährtin und, soweit mir bekannt ist, immer gesund. Er sei im Zuge einer schweren Grippe an Herzversagen gestorben, versucht mir die Lebensgefährtin zu erklären. Sie hätte gleich die Rettung gerufen, aber die hätte nichts mehr tun können.

Ich habe das Gefühl, die Welt bricht um mich herum zusammen und fällt mir auf den Kopf. Ich kann nicht mehr reden und beende das Telefonat. Wir telefonieren später noch einmal, verspreche ich der Lebensgefährtin. In mir ist ein dumpfer Schmerz, gleichzeitig aber auch das Gefühl, es einfach nicht fassen, nicht glauben zu können. Es ist einfach so unwirklich. Ich sehe mich in meiner Wohnung um und es sieht alles aus wie immer. Ich überlege, was ich tun soll. Meinen Mann anrufen. Nein, mein Mann ist Lehrer und steht im Unterricht, da will ich ihn nicht stören. Ich rufe erst einmal meinen Bruder und meine Mutter an. Beiden versuche ich, es schonend beizubringen. Doch man kann niemandem schonend beibringen, dass jemand gestorben ist. Die Nachricht ist immer ein Schock, egal, wie feinfühlig sie auch übermittelt wird.

Mein Bruder und meine Mutter reagieren beide mit der gleichen entsetzten Sprachlosigkeit wie ich. Auch mit ihnen vereinbare ich, dass wir später noch einmal telefonieren. Später. Später. Wann später? Wenn ich endlich erfasst habe, dass mein Vater an diesem strahlend sonnigen Tag aus dem Leben geschieden ist? Dass er nicht mehr da ist? Nie wieder da sein wird? Jetzt rufe ich doch meinen Mann an. Seine Worte und seine Stimme sind wie eine tröstende Umarmung.

„Ich muss hier noch meine Kurse verschieben und komm dann so schnell wie möglich heim“, meint er.

„Das musst du nicht. Ich habe alles im Griff“, sage ich und glaube es auch.

Mein Mann hat Erfahrung mit Todesfällen und weiß, dass man gar nichts im Griff hat. Er verspricht mir, so schnell wie möglich heimzukommen. Als er auflegt, fühle ich mich ganz alleine. Das helle Sonnenlicht verwirrt mich. Ich kann mir nicht vorstellen, dass an so einem Tag irgendjemand sterben kann. Dass man an so einem schönen Tag hinterrücks von einer so schlechten Nachricht getroffen wird. Völlig unvorbereitet. Als würde sich jemand von hinten an einen anschleichen und einem ein Messer in den Rücken stechen.

Bisher war ich eine der Glücklichen, die vom Tod im Familienkreis verschont geblieben ist. Ich hatte das große Glück, dass in meiner Kindheit keine Großeltern gestorben sind oder andere Leute, die ich lieb hatte. Als ich das erste Mal auf einem Begräbnis war, war ich schon Mitte zwanzig. Mit dem Tod habe ich bisher immer nur graues Allerheiligenwetter und düstere Stimmung auf Friedhöfen verbunden. An einem strahlend sonnigen Tag wie heute, an dem die Natur gerade neu zum Leben erwacht, habe ich nicht mit dem Tod gerechnet.

Die ganze Zeit über weine ich immer wieder ein bisschen, aber nicht viel. Ich habe gedacht, dass man mehr weint, wenn ein Elternteil stirbt. Doch die richtigen Tränen werden an diesem Tag erst später kommen. Dann werden sie nicht mehr so schnell aufhören. Erst im Laufe des noch langen Tages wird mir richtig bewusst werden, was passiert ist. Ich werde weinen, während am Nachmittag die praktischen Fragen auf mich einzuprasseln beginnen: Wie beerdigen wir ihn? Wann beerdigen wir ihn? Wer fährt wie, wann, mit wem zum Begräbnis?

Ich werde mich mit meinen kleinen Töchtern zum Spielplatz schleppen und sie auf der Schaukel anschubsen, während ich abwechselnd mit meiner Mutter und der Lebensgefährtin telefoniere. Mein Mann wird zu meiner großen Erleichterung am Nachmittag kommen und mich halten. Am Abend werden wir im Andenken an meinen Vater ein Bier trinken und es wird mir schmecken. Ich trinke sonst kein Bier, wegen der Kalorien, doch mein Vater war ein Biertrinker. Ich werde die letzten Fotos von meinem Vater heraussuchen. Während ich meinem Mann beim Kochen zuschaue, werden wir über meinen Vater reden. Wir werden Erinnerungen an ihn austauschen und ich werde viel weinen, aber manchmal auch lachen, denn mein Vater war ein lustiger Mensch und wir erinnern uns an viele heitere Anekdoten. An diesem Abend werde ich beginnen, innerlich langsam Abschied von meinem Vater zu nehmen. Irgendwann wird mein Mann den Staubsauger wegräumen, der immer noch in der Wohnung herumsteht.

Doch jetzt bin ich von alldem noch weit entfernt. Die Nachricht vom Tod meines Vaters ist gerade einmal eine Stunde alt und ich bin mir nicht sicher, ob sie Wirklichkeit ist. Es ist einfach alles wie vorher und mein Gehirn sträubt sich noch dagegen, den Tod meines Vaters zu akzeptieren, bevor es irgendeinen Beweis dafür erhält. Ich gehe zu Fuß zum Kindergarten. Es ist für Ende März schön warm. Die Menschen auf der Straße freuen sich über das prächtige Wetter und sind gut gelaunt. Doch ich fühle mich wie in Watte gepackt. Zwischen mir und allen anderen ist eine Wand, die ich nicht durchdringen kann. Im Kindergarten spielen die Kinder im Freien. Andere Eltern, die ihre Kinder abholen wollen, plaudern mit den Betreuerinnen. Meine Kinder sind glücklich und verschwitzt vom Herumtollen.

„Hab ich einen Hunger“, meint meine Große. „Hast du schon gekocht?“

Nein, hab ich noch nicht. Heute wird wohl ein Pizzaservice herhalten müssen. Ich nehme meine Kinder mit und erst draußen, wo uns keiner hören kann, gehe ich in die Hocke und schaue ihnen in die Augen.

„Ich muss euch etwas sehr Trauriges sagen. Euer Opa ist heute gestorben.“

Die Kinder sagen nichts. Was sollen zwei Kinder im Alter von drei und fünf auch zu einem Tod sagen, den ich selbst nicht fassen kann. Immer noch am Boden hockend, umarme ich sie ganz fest. Ich spüre die Wärme und das Sonnenlicht um mich herum und höre die Stimmen der anderen Kinder, die noch fröhlich im Garten toben. Vor allem spüre ich die festen Umarmungen meiner eigenen Kinder, während wir uns in unserer Fassungslosigkeit aneinanderklammern. In ihren kleinen Körpern fühle ich das Leben pulsieren. Ich spüre, dass es weitergeht. Immer weiter. Auch wenn es wehtut.

***Andrea Kotorman*** *wurde 1974 in Wien geboren, hat dort die Schule besucht und Jura studiert. Seit 1999 ist sie beim Roten Kreuz als Juristin tätig. Sie hat bereits als Jugendliche mit Begeisterung geschrieben und Gedichte und Kurzgeschichten in Zeitschriften veröffentlicht. Vor allem durch die Vorleseabende für ihre beiden Töchter hat sie das Genre der Kinder- und Jugendliteratur für sich entdeckt und schreibt heute überwiegend Erzählungen für Kinder und Jugendliche. Mit ihrem Ehemann und ihren beiden Kindern lebt Andrea Kotorman heute in der Nähe von Wien.*

# Das Ende

Das hier wird meine vorletzte Station sein, mein vorletzter, schöner Anblick. Das Vorletzte überhaupt, das ich sehe. Meine letzte Erinnerung, an die ich mich nie wieder erinnern kann. Denn ich werde gehen. Ein letztes Ziel habe ich noch, eines möchte ich noch sehen: Das Ende dieses Waldes möchte ich noch erleben, dies ist das Einzige, das ich will. Mehr brauche ich nicht, um glücklich zu sein, mehr will ich nicht. Diese letzte Strecke werde ich schaffen, mich aus dem Dickicht zwängen und meinen letzten Sonnenaufgang genießen. Und dann … Ende. Dann ist es aus, dann werde ich gehen. Meine letzte Erinnerung soll eine schöne sein. Mehr will ich nicht. Danach bin ich zufrieden.

Eine Eule schreit, reißt mich aus meinen Gedanken. Jetzt erst bemerke ich, dass es gar nicht so still ist, wie ich erst dachte. Der Wald blüht vor Leben, auch wenn es die Stunde ist, wo alles schlafen sollte, wo alles still sein sollte, um sich für den nächsten Tag vorzubereiten. Doch auch ich bin auf, in Bewegung, unruhig. Meine letzte Nacht wird die erste wache Nacht sein, danach schlafe ich für immer. Wieso das Ganze? Deshalb. Es wird Zeit für mich. Mein Leben ist zu Ende. Ich habe alles erlebt, was ich erleben wollte. Meine Zeit ist gekommen. Es gibt nichts mehr, für das es sich für mich zu leben lohnt.

Einfach nichts. Niemand wird mich vermissen, niemand um mich trauern. Nichts werde ich zurücklassen, außer einer unbrauchbaren Hülle, die jemand finden wird, die aber nicht zu identifizieren sein wird. Mein Grab wird keinen Namen tragen, keine Blumen werden darauf liegen. Keine Fragen, auf die niemand eine Antwort weiß. Keine Ungewissheiten. Endlich Stille.

Ein Hase läuft mir über den Weg, unschuldig. Ohne Angst. Er schaut mich an, mit diesen schwarzen undeutbaren Augen. Schnuppert in meine Richtung, und läuft weiter, auf der Suche nach Futter, die einzige Sorge, die er je hatte und auch haben wird. Wäre mein Leben doch nur so einfach, Futtersuche und sonst nichts. Doch es ist so kompliziert, so undurchschaubar, mit Tausenden Fragen, auf die ich keine Antwort weiß.

Und deshalb ist es hier und jetzt zu Ende. Nein, nicht hier. Dort, am Ende dieses Waldes, damit ich wenigstens ein einziges Mal in meinem Leben geschafft habe, was ich erreichen wollte.

Das Ende. Das Ende des Waldes erscheint vor mit. Wie schnell es gegangen ist. Zu schnell. Schon bin ich da, am Ende des Walds, an meinem Ende. Die Schönheit lässt mich erstarren und ich sehe nichts mehr, nur den Himmel, den lilafarbenen Himmel, mit seinem roten glühenden Ball in der Mitte. Eine Wolke schleicht herbei, droht das Bild zu zerstören. Imme näher, sie bedroht die Sonne. Meine Sonne, meinen Ball, meine Seele. Die Wolke stoppt, Millimeter vor der Sonne. Und anstatt das Bild zu zerstören, gehört sie nun dazu, verschönert es sogar. Macht das Bild zu dem, was es ist. Die Wolke bedeckt die Sonne nicht, und wenn die Sonne will, kann sie die Wolke verscheuchen oder um sie herum scheinen. Aus manchem Blickwinkel mag die Sonne stören, doch aus anderen stört sie nicht. Es kommt alles auf den Blickwinkel an. Man kann alles gut oder schlecht sehen.

Und ich sehe meine letzten Stunden von der guten Seite. Ich bewundere die Natur ein letztes Mal, erfreue mich der Ehre, die ich hatte, zwischen solchen natürlichen Wundern zu leben. Entschuldige mich dafür, dass ich mein Leben nicht fröhlich verbracht habe. Fröhlich genug, um der Ehre gerecht zu werden.

Aber meine jahrelange Traurigkeit gleiche ich jetzt mit einer riesigen Freude aus. Alle glücklichen Momente von 87 Jahren passen in diese letzten Stunden völliger Klarheit, in denen mir so manche lebenslange Frage endlich ihre Antwort verrät.

Klarheit und doch Verwirrung. Meine Gedanken verwirren sich, verschwimmen, bis ich selber nicht mehr genau weiß, was ich denke. Und ich merke, meine Zeit geht zu Ende, bald ist es aus. Ich werde panisch, ich will noch nicht gehen, ich bin noch nicht fertig hier! Doch die Zeit verrinnt … fliest weg. Unaufhaltsam. Schneller, immer schneller, ohne Pause. Berge, Meere, alles ist egal. Alles ist einfach da, ohne Sinn, ohne Grund.

Tick, tack, tick, tack. Die Zeit tickt, meine Lebensuhr tickt, immer schneller, ohne Rast, ohne Grund. Nichts hat Sinn.

Soll ich mich treiben lassen? Oder gehe ich dann verloren? Wohin verloren? Kann man sich in den Tod verlieren? Stehen alle Uhren im Tod? Aber meine Uhr soll noch nicht stehen, sie soll weiterticken, tick, tack, tick, tack, immer weiter ticken, bis in die Unendlichkeit, immer.

Noch eine Uhr, eine zweite. Ein Mensch ist entstanden, ungeformt, halb Mensch, halb übersinnlich. Noch eine Lebensuhr für das gerade erwachte Leben. Und noch eine und noch eine und noch eine, jede für eines der Tiere um mich herum.

Wie viele Lebensuhren kann es geben? Wie viele kann es geben, bis eine Uhr stehen bleiben muss, bis ein Leben erlöschen muss?

Wie ist der Tod? Ruhig. Ohne tick, tack, tick, tack. Still. Zu still. Langweilig. Warten auf neues Leben, Wiedergeburt. Oder ewiges Warten. Warten auf Gesellschaft, die nie kommt. Denn jeder stirbt einen anderen Tod, jeder hat ein anderes Leben, jeder eine andere Lebensuhr. Manche Uhren sind aus Gold, aus Silber, aus Holz, andere sind aus Fantasie, manche haben Dekorationen, andere sind schlicht, manche sind rot, manche blau, andere regenbogenfarben.

Alle verschieden, keine gleich. So wie die Seele. Und meine Seele gefällt mir. Denn sie ist: ICH.

Und mit einem glücklichen Seufzen schließe ich meine Augen und tue meinen letzten Atemzug.

Am nächsten Morgen findet man am Rande des Meeres, in das Licht der aufgehenden Sonne gebadet, einen Mann mit einem zufriedenen Lächeln im Gesicht.

***Clarissa Schockemöhle*** *ist 16 Jahre alt und wohnt in Jávea, Spanien. Ihre Hobbys sind Schreiben, Lesen, Tennisspielen und Skifahren.*

# prämierte sicherheit

der tod ist ihnen sicher
aber nicht sicher genug
sie wollen die sicherheit
noch sicherer machen
todsicher im leben
ihr sterben fernhalten
nicht einen gedanken verschwenden
an die sichere macht
über leben und tod
glauben sie ohne zweifel
an sicherheit grenzender verzweiflung
versichern sich selbst gegenüber
und ihr leben
mit teuren risikoprämien
für viele lebensversicherungen
beteuerungen zum trotz
und vielen versprechern
ein geschäft mit dem tod
auf leben komm raus
kein trost zum überleben
was ihnen nicht sicher vorkommt
eine verkommene idee
leben in sicherheit zu wiegen
vor dem sicheren tod

***Manfred Pricha**, geboren 1954 in Altötting, ist Autor, wissenschaftlicher Dokumentar und Historiker. Er hat Wirtschafts- und Geschichtswissenschaften in Bochum studiert, wo er lebt und arbeitet. Er schreibt vor allem Lyrik, aber auch Prosa und veröffentlicht regelmäßig in Zeitschriften und Anthologien sowie im Internet.*

# Anna

Schemenhaft nahm Anna die Formen wahr, welche sich vor ihr abzeichneten. Nur langsam konnte sie in ihnen etwas Vertrautes erkennen. Nur annähernd vertraut, denn das, was sie sah, schien sich gänzlich dem zu entziehen, was sie als „normal" betrachtete.

Spielten ihre Augen ihr einen Streich? Sie wusste es nicht. Es schien in diesem, letzten Augenblick ihres Lebens auch keine Rolle zu spielen. Es gab kurze Phasen, in denen sie noch sprach. Wahrlich flüsternd und kaum hörbar, aber dennoch hatte es sie in den vergangenen zwei Tagen gegeben. Seit sie in diesen Zustand verfallen war, hatte sie immer wieder auch recht wache Momente erlebt. Sie hatte deutlich ihren Mann erkannt und seinen Namen gehaucht. Sie hatte den Händedruck ihres Sohnes erwidert, sanft, mit der Kraft, die der Körper ihr noch bot. Aber jetzt spürte sie deutlich, dass ihre Zeit gekommen war. Waren sie deswegen hier? Waren sie gekommen, um ihre Seele mitzunehmen, auf diese allerletzte Reise?

Der Pfleger kam rein, um nach ihr zu sehen. Die Nacht war hereingebrochen, der Tag zu Ende, genau wie ihr Leben, das langsam zu Ende ging. Gegen Morgen hatte sie die Fähigkeit, sich zu bewegen, eingebüßt. Sämtliche Kraft war dabei zu verschwinden. Sie wurde schwächer und schwächer. Würde sie es schaffen, den Pfleger zu fragen, wer diese schwarzen Gestalten waren, die seit Stunden an ihrem Bett wachten? Konnte er sie überhaupt sehen? Sie bemühte sich, die Worte in ihrem Mund zurechtzulegen. Der Pfleger war aufmerksam und freundlich. Er kam nah vor ihr Gesicht.

„Wollen Sie etwas sagen?"

Nicken konnte sie nicht mehr, aber er erkannte an ihren Augen, dass sie etwas zu sagen hatte, und so wartete er und lauschte, versuchte, ihre Frage zu verstehen. Sie hatte es irgendwie geschafft, diese zu formulieren, wenn auch gebrochen und angestrengt.

Der Pfleger aber sagte nur: „Sie haben bestimmt geträumt“, und schlug ihr das Kissen auf. „Ihre Familie kommt gleich.“

Er verließ das Zimmer und wieder war sie alleine mit den Gestalten. Sie waren unheimlich, aber sie konnte an ihrer Anwesenheit nichts ändern. Sie konnte in diesem Leben an nichts mehr etwas ändern. Die Bilder um sie herum verschwammen immer mehr. Die schwarzen Gestalten kamen näher, und als alles andere um sie herum aufhörte zu sein, erkannte sie in ihnen Engel. Sie hatte diese innere Gewissheit, dass sie es waren. Und mit einem Mal waren sie ihr gar nicht mehr unheimlich, sondern strahlten auf sie eine erfüllende Ruhe aus. Endlich war sie bereit!

„Seht ihr die Engel?“, waren ihre letzten hörbaren Worte. Jene Worte wurden gehört von ihrem Sohn und ihrem Mann. Beide wachten bei der Sterbenden, doch sie konnte sie nicht mehr sehen. Jetzt, wo sie die Engel deutlich vor sich hatte, sah sie nur sie. Sie verließ ihren Körper und tauchte ein in ein grellweißes Licht. Die Engel begleiteten sie. Trauer überkam sie, weil ihr Leben ihr nur so kurz vorkam wie ein Wimpernschlag. Die Engel erklärten ihr, dass ein Leben tatsächlich auch nicht länger dauert. Das, was die Menschen aus ihm mitnehmen, ist ein Geschenk, welches sie in ihrem nächsten Leben erhalten. Denn nur durch die Erfahrung aus dem Vorherigen wird die Seele zu einer besseren in dem Zukünftigen.

***Claudia Romes.***

# Abschied

Die Glocken läuten. Sie klingen hell und irgendwie tröstlich. Es ist ein Ruf für alle, zwei geliebten Menschen das letzte Geleit zu geben. Tränen steigen mir in die Augen, doch ich mache mir nicht die Mühe, sie wegzuwischen oder aufzuhalten. Wozu auch? Um mich herum stehen Menschen. Alle sind in Schwarz gehüllt – ein Zeichen ihrer Trauer.

Es ist etwas, dass uns alle miteinander verbindet. Obwohl ich kaum einen von ihnen kenne, kann ich ihren Schmerz nachvollziehen. Während der Pfarrer die unsterblichen Seelen segnet, wandern meine Gedanken zurück. Zu einer Zeit, als diese beiden Menschen noch lebten.

*Wir liefen über den Hof und vor der alten Frau, die mit dem Reisigbesen hinter uns her war, davon. Neben mir konnte ich sehen, wie mein bester Freund sich ein Lachen verkneifen musste, als er das Gekeife seiner Oma hörte. „Ihr Rotzlöffel! Wenn ich euch zu fassen kriege …"*

*Ich schlug den Weg zur Scheune ein und Fabian folgte mir. Fast wären wir in seinen Opa hineingerannt. Er hatte das erboste Schimpfen seiner Frau wohl schon gehört, denn er schmunzelte und bedachte uns mit einem gebrummelten „Was habt ihr nun wieder angestellt?"*

*Fabian blieb abrupt stehen und fragte mit großen Augen: „Hast du noch welche von den Bonbons, Opa?" Lachend fingerte der alte Mann eine schmale Dose unter seiner abgetragenen blauen Jacke hervor. Er öffnete sie und wir griffen uns jeder eines von den kleinen, braunen Bonbons. Dann jagten wir weiter zum nächsten großen Abenteuer.*

Durch den Tränenschleier muss ich doch ein bisschen lächeln. Wir waren nicht verwandt, aber dennoch waren sie für mich wie Oma und Opa.

Elvira und Alban. Das waren ihre Namen. Allerdings nannten wir zumindest Elvira (natürlich nur, wenn wir unter uns waren) liebevoll Elfünfa. Sie kam oft abends zu uns herüber, wenn die Glocken läuteten, um zu fragen, wer gestorben sei. Oder sie suchte ihren Mann. Ich werde nie vergessen, wie sie mir am Tag meiner Kommunion ein Lied sang. Es ging um Jesus, das weiß ich noch. Ich fühlte mich schrecklich unbehaglich. Während sie also sang, rutschte ich auf meinem Stuhl herum und wusste nicht, wo ich hinsehen sollte.

Und das letzte Mal, als ich die beiden sah, lagen sie im Altenheim in ihren Betten.

Sie erkannte weder ihren Enkel noch mich. Stattdessen betete sie ununterbrochen auf Lateinisch. Die Krankenpflegerin meinte damals, sie bete nicht nur für sich, sondern für uns alle. Ich glaube, sie wollte uns trösten. Alban dagegen missverstand seinen Enkel und glaubte, wir gingen auf die Jagd. Er versuchte aus dem Bett zu klettern, obwohl man ihm doch das linke Bein unterhalb des Knies amputiert hatte. In diesem Moment war ich schockiert gewesen, was das Alter aus den beiden gemacht hatte.

Ich spüre einen schmerzhaften Stich, wenn ich daran denke.

Mein Blick irrt über den Friedhof, bis ich ihn gefunden habe.

Meinen besten Freund. Fabian.

Er ist riesig geworden, doch nun steht er gebückt neben den zwei Särgen und ich sehe, dass auch sein Gesicht tränennass ist.

Unerwartet hebt sich sein Blick und für den Bruchteil einer Sekunde sehen wir uns an. Er lächelt traurig und ich glaube, mein Herz müsse bersten. Am liebsten würde ich zu ihm laufen und ihn in den Arm nehmen, doch ich tue es nicht. Bin selbst viel zu sehr überwältigt von der Trauer, innerhalb so kurzer Zeit zwei so wundervolle Menschen verloren zu haben.

Plötzlich spüre ich eine Hand, die meine umklammert. Es ist meine Mutter, die neben mir steht, ebenfalls in Tränen aufgelöst.

Wenig später werden die Särge in die Erde hinabgelassen. Meine Mutter geht langsam zum Grab, nimmt eine Handvoll Rosenblätter und pustet sie sanft hinunter. Sie landen lautlos auf dem schönen, braunen Holz. Mir läuft ein Schauder über den Rücken, wenn ich daran denke, dass sie darunter liegt. Das Gesicht im Tod erstarrt, die Haut wächsern.

Als ich klein war, konnte ich nie glauben, dass meine Eltern einmal sterben würden. Dass irgendwer starb. Meine größte Sorge war unser Haus. Unser schönes, altes Haus. Wer sollte sich darum kümmern, wenn alle fort waren? Allein die Vorstellung war absurd, dass alles einmal in sich zusammenfallen würde und niemand mehr da wäre, um es zu verhindern.

Es vergeht kein Tag, an dem ich die beiden nicht vermisse. Aber ich weiß, dass sie immer noch da sind. Und manchmal, wenn ich in den Himmel sehe und eine Lücke zwischen den Wolken entdecke, glaube ich, dass sie uns nicht alleine gelassen haben und auf uns aufpassen.

***Manuela Büttner*** *ist 18 Jahre alt und kommt aus Oerlenbach in Bayern. Sie schreibt und liest gerne, geht oft ins Kino und trifft sich mit ihren Freunden. Sie hört gerne und viel Musik, singt im Chor und ist oft draußen unterwegs und fotografiert.*

# Der Engel der Vergebung

„Kann ich Sie mitnehmen?“

Ich zucke zusammen. Dass sich die Tür zum Beerdigungsunternehmen hinter mir geöffnet hat und Frau Wilken, die Bestatterin, herausgekommen ist, hatte ich nicht mitbekommen.

„Im Radio haben sie gesagt, der Busverkehr ist im gesamten Kreisgebiet wegen Schnee und Glätte eingestellt worden.“

„Da kann ich ja lange warten. Gut, dass Sie kommen, das hätte ich sonst gar nicht mitgekriegt!“

„Ich bin auf dem Weg zu Ole Johansson, um ihm eine Urne für die Seebestattung morgen zu bringen.“

Frau Wilken und ich kennen uns seit vielen Jahren flüchtig, weil wir ein Theaterabo beim Kulturverein hatten. Inzwischen gehe ich nicht mehr ins Theater. Die modernen Inszenierungen sind mit den Jahren immer schriller und bunter geworden und irgendwann habe ich es aufgegeben, mich damit zu arrangieren. Meine besten Jahre habe ich mit knapp neunzig hinter mir, machen wir uns nichts vor. So ist eben der Lauf der Dinge.

Einen Augenblick später sitze ich neben Frau Wilken im Auto und unterhalte mich so gut wie schon lange nicht mehr. „Tun Sie mir den Gefallen und kommen auf einen Kaffee mit ins Haus“, bitte ich, als sie in der Einfahrt meines Bungalows parkt. „Oles Boot war doch noch gar nicht wieder im Hafen.“

Die Bestatterin lächelt. „Kaffee klingt gut. Die alten Fischer haben es nicht so mit der Zeit …“

Zum Glück bin ich ein sehr ordentlicher Mensch. Es ist mir immer wichtig gewesen, das Haus so zu verlassen, dass ich zu jeder Zeit jemanden mitbringen könnte. Frau Wilken schaut sich bewundernd die Skulpturen meines verstorbenen Mannes im Wohnzimmer an, als ich den Tisch vor dem Kamin decke.

„Gefallen sie Ihnen?", frage ich und sehe, wie sie zusammenzuckt. Die meisten Menschen vergessen alles um sich herum, wenn sie Siegfrieds Werke betrachten.

„Oh ja! Besonders dieser Engel hier. Die Maserung des Holzes ist so unglaublich schön. Und dieser liebevolle Blick, mit dem der Engel sich dem Menschen zuwendet ..."

„Es ist der Engel der Vergebung", sage ich. „Das Pendant hat Siegfried zwei Jahre vor seinem Tod zersägt und im Kamin verbrannt."

Erschrocken sieht Frau Wilken mich an. „Wie schade ..."

Ich zucke mit den Schultern. „Wie man es nimmt. Schade finde ich eher, dass es fast ein halbes Jahrhundert gedauert hat, bis er sich dazu durchringen konnte."

„Die Skulptur zu verbrennen?" Neugierig sieht Frau Wilken mich aus ihren großen braunen Augen an.

„Die Skulptur war ein äußeres Symbol für ein inneres Gefühl, das meinen Mann lange begleitet hat", sage ich und kann förmlich sehen, wie sie über meine Worte nachdenkt.

„Wenn die verbrannte Skulptur das Pendant zum Engel der Vergebung war, bedeutet das, dass Ihr Mann sich schuldig gefühlt hat?", hakt sie nach.

Nachdem ich zustimmend genickt habe, fragt sie: „Aber gibt es denn einen Engel der Schuld? Mit Engeln verbinde ich immer etwas Schützendes und Erlösendes ..."

„Ich habe nicht gesagt, dass es sich bei der anderen Skulptur um einen Engel handelte."

„Stimmt, das haben Sie nicht. Ich möchte nicht aufdringlich sein, Frau Möller. Bitte entschuldigen Sie, falls ich Ihnen zu nahe getreten bin. Wissen Sie, als Bestatterin begleite ich häufig Menschen in ihrem Prozess, die Trauer um einen geliebten Menschen zu verarbeiten. Die Lebensgeschichten der Menschen sind etwas ganz besonders Wertvolles und Bewegendes."

Ich weiß nicht, warum ich plötzlich Tränen in den Augen habe. Frau Wilken legt ihre Hand auf meinen Arm und lächelt zaghaft, als sie es bemerkt.

„Mein Mann dachte, ich hätte nichts von seinen Schuldgefühlen bemerkt", sage ich leise. „Aber ich habe damals gesehen, was wirklich in der Scheune mit seinem Bruder passiert ist. Siegfried ahnte nicht, dass ich Zeugin der heftigen Auseinandersetzung geworden bin, die die beiden hatten. Jedenfalls habe ich zu Anfang versucht, das Gesehene auszublenden. Und als ich irgendwann gern mit ihm darüber geredet hätte, war es dafür zu spät. Trotzdem können Sie mir glauben: Ich habe im Laufe der Zeit viele Brücken gebaut und bin zuletzt sogar recht deutlich geworden. Es wäre so leicht für ihn gewesen, sich mir anzuvertrauen, doch er ist einen anderen Weg gegangen …" Ich wische mir mit meinem Stofftaschentuch über die Augen. „Sicher wäre es um einiges einfacher gewesen, das Geheimnis zu teilen, das er mit ins Grab genommen hat. Ich war erleichtert, als er die Skulptur symbolisch verbrannt hat. Und doch hätte ich gern gewusst, was der Auslöser war und ob es ihm danach besser ging. Die Chance, ihn zu fragen, ist nun für immer vorbei."

Frau Wilken sieht mir fest in die Augen. „Ja", sagt sie. „Das ist sie. An der Vergangenheit können Sie nichts ändern."

„Um ehrlich zu sein: Je älter ich werde, desto näher geht mir die Vergangenheit." Ich spreche aus, was mir noch vor keinem anderen Menschen über die Lippen gekommen ist. Frau Wilken ist eine gute Zuhörerin, es fällt mir nicht schwer, so offen zu sein.

„Das empfinden viele Menschen so", sagt Frau Wilken ruhig und lächelt mir aufmunternd zu. „Haben Sie denn eine vertraute Person gehabt, der Sie erzählen konnten, was damals geschah?"

„Nein, das hätte meinen Mann ins Gefängnis bringen können. Und wenn herausgekommen wäre, dass es kein tödlicher Unfall war, wäre ich vermutlich auch nicht unschuldig davongekommen, weil ich ja zugesehen habe."

Einen Moment ist es ganz still im Raum.

„Ich schätze, es ist für uns beide besser, wenn ich jetzt nicht weiter frage."

„Ja", sage ich traurig, „Das ist es wohl." Wieder steigen mir Tränen in die Augen. „Auch ich werde dieses Geheimnis mit ins Grab nehmen müssen."

„Es gibt Menschen, die Ihnen ganz professionell helfen könnten", sagt Frau Wilken sanft. „Seelsorger zum Beispiel, oder Ärzte. Die stehen unter Schweigepflicht."

„Vielleicht gäbe es noch eine andere Möglichkeit", sage ich, nachdem ich einen Augenblick nachgedacht habe. „Als ich mit Ihrem Mann den Termin zur Bestattungsvorsorge hatte, habe ich mich für eine Seebestattung entschieden. Ich ... vielleicht hilft es mir, wenn ich mein Geheimnis aufschreibe und – im wahrsten Sinne des Wortes – mit ins Grab nehme ..."

„Fahren Sie fort", fordert Frau Wilken mich auf, als ich nicht weiterspreche, und beugt sich leicht vor.

„Ich würde die Geschichte aufschreiben und vielleicht könnte sie mit der Urne verbrannt werden?"

„Das wäre eine Möglichkeit", sagt Frau Wilken nachdenklich. Dann holt sie tief Luft: „Ich habe noch eine andere Idee. Eine Flaschenpost! Schreiben Sie die Geschichte auf und versiegeln Sie die Flasche, nachdem Sie den Zettel hineingelegt haben. Und bei Ihrer Seebestattung könnten wir dann die Flasche ins Meer werfen, nachdem wir Ihre Asche verstreut haben?"

„Ja." Vor Aufregung bekomme ich plötzlich ganz rote Wangen. „Die Idee ist sehr gut. Sie sind sehr freundlich, Frau Wilken! Und das Gespräch mit Ihnen hat mir gut getan, vielen Dank."

Als ich die Tür einen Moment später hinter Frau Wilken schließe, nehme ich mir vor, einen Termin beim Notar zu machen. Mein Nachlass ist längst geregelt, doch ich möchte ihr gern den Engel der Vergebung vererben.

Ich habe längst verstanden, dass mir kein Mensch auf Erden meine Schuld vergeben wird. Doch dass ein Engel kommt und ein Stück mitträgt, das ist etwas ganz Besonderes.

***Andrea Schmidt*** *wurde 1977 in Bad Oldesloe geboren, wo sie noch immer lebt. Sie ist Erzieherin und Diakonin und arbeitet in einem Kindergarten. In ihrer Freizeit schreibt sie Kurzgeschichten und arbeitet an einem Kriminalroman.*

# Trauer

Ganz still und ruhig die Erde scheint
Der Himmel leise mit mir weint
So kalt und eisig schon die Luft
Verweht der wohlbekannte Duft.

Wo bist du hin, verrat es mir
Ich wär so gern ganz nah bei Dir
Doch anstatt dessen bist du fort
An einem unbekannten Ort.

Du fehlst so sehr, komm doch zurück
Es bricht die Seele Stück um Stück
Ich kann die Dinge noch so drehn
Ich werd dich nie mehr wiedersehn!

***Maria Fuhrig**, geboren 1980 in München, lebte seit früher Kindheit in Ländern wie Belgien, England und Österreich. Sie studierte Tourismus Management in England und zog nach Abschluss des Studiums wieder zurück in ihre Heimatstadt. Seit 2011 wohnt sie in Salzburg, wo sie ihrer großen Leidenschaft, dem Schreiben, nachgeht.*

# Erlösung

Die ganze Nacht hatte ich vor Kummer kein Auge zugetan. Als gegen vier Uhr früh das Telefon klingelte, ignorierte ich es einfach. Ich wusste, wer am anderen Ende war, wollte aber die Wahrheit nicht sehen. Letztendlich nahm mein Mann das Gespräch entgegen.

Ich stand im Türrahmen und hörte nur, wie er mit ernster Miene sprach: „Wir sind unterwegs." Als er auflegte, schaute er mich mit traurigen Augen an. „Wir müssen in die Klinik fahren", erklärte er stockend.

Ich brach in Tränen aus und es dauerte eine Weile, bis ich mich beruhigt hatte. Wie unter Trance zog ich mich um. Zehn Minuten später saßen mein Mann und ich schweigend im Auto. Ich starrte hinaus in die Dunkelheit und fror. Obwohl wir es wussten, traf uns der Tod wie ein Hammerschlag. Er war endgültig. Und trotzdem verdrängte ich ihn. Wollte ihn nicht an mich heranlassen, so als ginge er mich nichts an. Doch nun war der Tag gekommen, da ich mich ihm stellen musste.

„Hey Eva. Wir schaffen das zusammen. Bestimmt", versuchte mein Mann, mir Mut zu machen.

Er stellte den Motor des Wagens ab. Sanft strich er mir über die Wange und lächelte.

Es war ein trauriges, gezwungenes Lächeln, doch wusste ich, dass er recht hatte. Wir mussten zusammenhalten. Sein Vater war gestorben und ich durfte ihn nicht alleine lassen. Beklommen gingen wir durch die Flure der Klinik zu Station drei.

Es war still in dem riesigen Gebäude. Nur hier und da ertönte eine Klingel, wenn ein Patient nach Hilfe rief. Als wir die Station erreichten, kam uns eine pummelige Krankenschwester entgegen.

Sie begrüßte uns mit einem Händedruck und erklärte leise: „Es tut mir leid. Er hat lange gelitten. Für ihn war es sicher das Beste.

Gehen Sie zu ihm und verabschieden sich. Lassen Sie sich Zeit. Ich warte auf Sie."

„Komm", sagte Frank, mein Mann, und drückte die Klinke der Tür herunter.

Ich schluckte. Sollte ich hineingehen? Und im gleichen Moment schossen mir die Gedanken an meine beiden Kinder durch den Kopf. Ihnen mussten wir es noch sagen. Ich musste mit hinein. War es nicht unsere Aufgabe, die Kinder darauf vorzubereiten, dass der Tod ein Teil des Lebens war? Ich musste für sie stark sein. Langsam schob ich mich durch die Tür und blieb zwei Schritte vor dem Krankenbett stehen. Vater lag da. Friedlich, so als schlafe er. Ich trat einen Schritt nach vorne. Tränen rannen mir die Wangen hinab. „Vor einigen Tagen haben wir noch gesprochen. Ich werde dein Lachen vermissen und deine Freude über deine Enkelkinder", flüsterte ich.

Frank legte einen Arm um mich und drückte mich fest an sich. Eine Weile standen wir schweigend vor Vater und schauten ihn stumm an. Erst wollte ich ihn berühren, doch traute ich mich nicht. Es war ungewohnt, von ihm keine Antwort zu erhalten, da er immer ein gesprächiger Geselle war.

Jeden Moment erwartete ich, er öffnete seine Augen und ich blickte in ein strahlendes Blau. Wartete darauf, dass er mich anlächelte. Dass alles wieder so sein würde wie immer. Seine Falten im Gesicht, so schien es mir, waren noch tiefer eingegraben. Ich wartete auf sein Stirnrunzeln, wenn er mit etwas nicht einverstanden war. Doch passierte nichts.

Ich schloss die Augen und in meinem Kopf tauchten Bilder mit Großvater auf. Geburtstage, gemeinsame Urlaube, Weihnachten, Ausflüge und sein strenger Gesichtsausdruck, der nie lange anhielt. Die Bilder reihten sich nahtlos aneinander und brachten in mir ein wohliges Gefühl hervor. Als ich die Augen öffnete, sah ich ihn nicht mehr leblos vor mir liegen, sondern verknüpfte sein Antlitz mit vielen Dingen.

Erneut trat ich einen Schritt vor. „Ich wollte mich verabschieden. Danke für alles. Danke, dass wir ein Stück mit dir gehen durften", stotterte ich und weinte.

Danach trat mein Mann ans Bett und zog Vater den goldenen Ehering vom Finger. Mit zitternden Fingern nahm er die Brille und die Armbanduhr seines Vaters, welche wohl die Schwester zuvor auf dem Nachtisch abgelegt hatte.

„Es ist Zeit zu gehen“, flüsterte Frank.

Ich nickte stumm und blickte auf die persönlichen Gegenstände, die mein Mann in der Hand hielt. War dies alles, was von einem übrig blieb? Nein, dachte ich. Er hat für immer und ewig einen festen Platz in unserem Herzen.

Als wir das Zimmer verließen, wartete die Krankenschwester auf dem Flur. Sie besprach mit uns den weiteren Ablauf, schenkte uns Trost und gab uns Kraft für die Zukunft. Diese Kraft brauchte ich, da meine beiden Kinder den Wunsch geäußert hatten, sich von ihrem Opa zu verabschieden. Mir war nicht wohl bei dem Gedanken, da sie erst neun und fünf Jahre alt waren. Doch durfte ich oder mein Mann ihnen diesen Wunsch abschlagen? Ich haderte mit mir und beriet mich mit meinem Mann.

Drei Tage vor der Beerdigung fuhren wir zum Friedhof. In einer kleinen Halle hatten wir die Möglichkeit, uns ein letztes Mal von Vater zu verabschieden. Nie werde ich diesen Tag vergessen. Adrett gekleidet in seinem weißen Anzug lag er in einem hellen Sarg. Seine Hände lagen gefaltet auf seinen Bauch. Das graue Haar fein gekämmt. Die Augen geschlossen und der Mund, ja, es war, als lächelte er, als sei er in einem wunderbaren Traum versunken. Still aber dennoch neugierig schauten meine Kinder auf ihren Opa.

„Hat Opa jetzt keine Schmerzen mehr?“, fragte mein Ältester.

„Nein“, antwortete ich. „Er wird für alle Zeit in unseren Erinnerungen bleiben“, erklärte ich.

Mein Ältester nickte stumm.

Frank hatte unseren Jüngsten auf dem Arm. Gemeinsam legten sie eine Rose in den Sarg. Schluchzend richtete ich meine letzten Worte an meinem Schwiegervater.

„Lieber Vati. Leid und Schmerz hast du viele Monate ertragen. Ich steh daneben. Ratlos und traurig. Ich hoffe und gebe dir Kraft. Wir haben in all den Monaten mitgelitten und jeden Hoffnungssplitter aufgefangen, der sich uns bot. Doch letztendlich haben wir es nicht geschafft. Leid und Schmerz sind nun vorbei. Wir sind unendlich traurig, doch du bist frei.“

Zu meinen Kleinen sagte ich stotternd: „Verabschiedet euch von Opa.“

„Tschüss Opa. Wir haben dich lieb“, flüsterten meine Kinder. Sie winkten ihm ein letztes Mal zu und lächelten. Mir war, als lächelte er zurück, und in diesem Moment wusste ich, dass es für ihn eine Erlösung war.

***Claudia Timpen**, 1966 geboren, ist verheiratet und wohnt in Münster. Sie hat zwei Söhne und arbeitet als Medienberaterin im Innendienst. In ihrer Freizeit schreibt sie Alltags- und Fantasygeschichten.*

# Glücksmoment

du bist fort
plötzlich unfassbar und völlig unbegreiflich
was bleibt ist ein loch

leere macht sich breit
eine leere, die alles lebende
 zu ersticken scheint

doch irgendwann wird sich dieses loch
ganz langsam mit erinnerungen füllen
meine erinnerungen an dich

dann werden meine gedanken spazieren gehen
und jeder augenblick, an dem ich an dich denke,
wird ein glücksmoment für mich sein

***Maren Grenner*** *wurde 1975 geboren. Sie ist verheiratet und Mutter von zwei Söhnen. Mit ihrer Familie lebt sie in Extertal im Kreis Lippe, wo sie gemeinsam mit ihrem Mann einen landwirtschaftlichen Betrieb im Nebenerwerb bewirtschaftet. Sie liest und schreibt gerne. Bisher wurden einige Gedichte und Prosatexte von ihr veröffentlicht.*

# Ohne Ende

einst unermesslich
der Welt Größe
die nächste Kreuzung verbarg
das Ende der Welt

bis ich rannte
über die Kreuzung hinaus
das Ende der Welt
lief lachend vor mir weg

ein Leben lang
neue Kreuzungen, neue Wege
richtige und falsche
kein Ende erreicht

nachts wandert der Blick
in die Tiefen der Sterne
fliegen Gedanken über das Ende hinaus
bis auch sie zu Ende gehen

***Cord Buch*** *wurde 1954 geboren und lebt in Hamburg.*

# Herbstkinder

Das Glas Wein stand noch immer auf dem Tisch. Es wirkte irgendwie seltsam. So vertraut und doch völlig fremd. Das Glas mit dem dunklen Rot auf dem kleinen teakholzbraunen Gartentisch erweckte den Eindruck eines Stilllebens. Hat sich denn die Welt in den letzten Tagen gar nicht bewegt? Dabei ist doch so viel geschehen. Bewegungsloser Stillstand des Lebens, und doch erzählen die verwitterten Gartenmöbel ihre ganz eigene Geschichte.

Eine Geschichte über Familie, Freundschaft und tiefer Liebe.

Charlotte öffnete tapfer die Tür zur Terrasse und trat hinaus. Der Wind spielte sanft mit ihrem langen Haar und hinterließ einen wärmenden Hauch auf ihrem Gesicht. Es fühlte sich an wie eine zärtliche Berührung, eine kleine liebevolle Umarmung. Trotz der untergehenden Sonne war es noch immer ein schöner Herbstabend.

Nichts, aber auch wirklich nichts deutete auf das Drama hin, was sich dort in diesem wunderschön angelegten Garten noch vor wenigen Stunden abgespielt hat. Sie überlegte kurz und setzte sich dann doch auf den völlig verwaisten Stuhl. Sie fand, dass der Stuhl traurig aussah. Sie fand überhaupt, dass alles um sie herum ein Spiegelbild ihrer Seele war.

Nur das Fotoalbum, welches immer noch neben dem Glas Wein auf dem Tisch lag, machte sich leise bemerkbar. Das eingearbeitete, durchsichtige, dünne Papier zwischen den Bildern bewegte sich mit dem Wind mal vorwärts und dann mit einem kleinen Knistern wieder zurück.

Charlotte wagte einen Blick auf das Foto, welches mit dem nächsten Atemzug des Windes zum Vorschein kam. Alexander.

Frau Döhring, die ältere Dame, die sie nun schon seit gut einem Jahr betreute, war Alexanders Mutter. Offensichtlich hat sie ihre letzten Stunden mit all ihren Erinnerungen und einem Blick in die Vergangenheit verbracht. Ob sie etwas geahnt hat?

Sie beide hatten in den vergangenen Monaten den einen oder anderen Abend gemeinsam auf dieser Terrasse verbracht. Ein schönes Ritual, mit einem Glas Wein Erinnerungen auszutauschen und sich anzufreunden. Die ältere Dame hatte sich anfangs nicht getraut, Charlotte danach zu fragen, wollte sich nicht aufdrängen, aber ihr fehlten der Zuspruch und auch etwas Gesellschaft. Ihr Mann war fünf Jahre zuvor gestorben und Alexander, ihr einziger Halt, zog plötzlich Hals über Kopf nach Norwegen. Angeblich aus beruflichen Gründen, aber seiner Mutter konnte er nichts vormachen. Sie wusste, dass es der Liebe wegen war. Ein Mutterherz fühlt das Leiden seines Kindes und von Tag zu Tag brachte sie Charlotte mehr und mehr Vertrauen entgegen, sodass sie ihr an einem Abend auch davon erzählte.

Es waren schöne Gespräche, teils nachdenklich, teils untermalt mit feinsinnigem, hintergründigem Humor und sie werden ihr fehlen.

Sie kennt das Bild, welches sie ansieht. Johanna Döhring nahm immer dieses Foto zur Hand, wenn sie von ihrem Sohn sprach. Zärtlich sprach sie, voller Sehnsucht, aber doch auch voller Verständnis. Der Junge muss erst mal zu sich finden. Eines Tages kommt er zurück in dieses Haus und dann ist alles gut. Das spüre ich. Er wird darüber hinwegkommen.

Charlotte hat Alexander noch gestern Abend angerufen, gleich nachdem sie seine Mutter auf der Terrasse mit dem Kopf auf dem Tisch zusammengesunken fand und den Notarzt rufen musste, der leider nichts mehr tun konnte. Sie machte sich schreckliche Vorwürfe, weil sie nicht ein paar Minuten früher zur Stelle war. Hätte sie es verhindern können?

Charlotte spürte einen weiteren Luftzug. Die Sonne versank langsam am Horizont und die Abenddämmerung kam zum Vorschein. Der nun leicht kühle Wind blätterte die nächste durchsichtige Zwischenseite um und brachte einen Umschlag zum Vorschein, auf dem Charlottes Name stand.

Vorsichtig und zögernd öffnete sie den Brief und las die wenigen Zeilen in der ihr bekannten, gut lesbaren Handschrift: „Charlotte, ich möchte Ihnen für Ihre Freundschaft danken. Es war eine schöne Zeit für mich und so sehr sind Sie mir ans Herz gewachsen. Irgendwann, vielleicht schon bald, wird mein Sohn zurückkommen und dann glaube ich, dass Ihr Lächeln ihn von seiner Traurigkeit erlösen wird, genauso, wie Ihr Lächeln meine Traurigkeit beendet hat. Die Liebe verändert die Menschen, es gibt eine Zeit des Leidens und es gibt eine Zeit des Glücklichseins. Das Zweite wünsche ich Ihnen, und ich, ich werde nun bald bei meinem Mann und ebenfalls wieder glücklich sein."

Mit Tränen in den Augen las Charlotte noch den letzten lieben Abschiedsgruß ihrer älteren Freundin, als sie das Taxi vor dem Haus vorfahren hörte. Mit leisen Schritten betrat Alexander durch den Seitenweg am Haus entlang den Garten.

Es war ein schöner, warmer Herbsttag. Charlotte ist beruhigt, weil sie nun weiß, dass sie nichts hätte tun können. Als sie Alexander sieht, legt sie den Umschlag unauffällig in ihre Tasche. Das hat jetzt noch Zeit, irgendwann einmal wird sie ihm die letzten Worte seiner Mutter zum Lesen geben. Irgendwann wird es einen richtigen Zeitpunkt dafür geben. Jetzt ist die Zeit für Traurigkeit und Zeit zum Abschiednehmen.

Charlotte steht auf und geht Alexander entgegen. Sie lächelt ihn an und nach einem kurzen Blick in ihre Augen, die ihn bis ans Ende ihrer Seele blicken lassen, lächelt er zurück.

***Corinna Schenk*** *ist 45 Jahre alt. Sie wohnt noch in Berlin, doch eine Sehnsucht zieht sie nach Bayern. Seit ihrer Kindheit muss sie alle ihre Gedanken und Gefühle in Texte umsetzen. Für Familie und Freunde erstellt sie gern individuelle Grußkarten mit persönlichen Gedichten und Geschichten.*

# Was ist aus dir geworden?

Mühlenräder, groß und kräftig,
drehten sich einst schnell geschwind,
heute bist du nicht mehr mächtig,
ob man wohl die Ursach' find't?

Überall wurd'st du genutzt,
du mit deiner großen Kraft,
leider wurdest auch verschmutzt,
hat man dich dadurch geschafft?

So recht will's heute keiner glauben,
was mit dir geschehen ist,
an den Hängen kaum noch Trauben,
ob du schon gestorben bist?

Langsam fließt du.
Noch.

***Andreas Glanz**, 1979 in Stollberg/Erzgebirge geboren, Leiter einer Kindereinrichtung in Aue. 2005 veröffentlichte er sein erstes Buch „Träume und Realität – poetische Texte". Seitdem sind zahlreiche Texte in Anthologien veröffentlicht worden. Herausgeber des Kochbuches „Essen im Schulprojekt – mit vollem Bauch lernt es sich besser" (2009). Wohnhaft ist er in Schwarzenberg, Ortsteil Bermsgrün bei seiner Familie.*

# Das Rad dreht sich immer weiter

Meine Gedanken kreisen nur um mich,
habe Mauern gebaut, bin gefangen in einem Turm.
Es ist kalt ohne dich und ich friere.

Gibt es die Hand, die hält?
In dieser Finsternis sehe ich sie nicht, kann sie nicht spüren.
Wo sind die Sterne, kleine Lichter, die in einer gespenstischen und hoffnungslosen Nacht Tröstliches erkennen lassen?
Sie sind da, mit tränenblinden Augen sehe ich nicht.
Es ist mein Herz, das nicht bereit ist, sich zu öffnen für das Licht.
Ich weine.
Tränen rinnen warm über mein Gesicht.
Mein Herz schlägt seinen Takt.
Leben und Tod! Endlichkeit und Unendlichkeit!
Kommen und Gehen!
Werde ich irgendwann verstehen?

Die Zeit steht still.
Ich bin wieder Kind und erinnere mich an Träume und schlaflose Nächte voller Angst, Angst vor dem Tod und dem nicht mehr „Sein."
Ich fange an zu beten, klein, einsam und verzagt.
„Lieber Vater im Himmel,
Du siehst meine Angst und ich bin in großer Not. Kannst du mir helfen? Ich habe niemanden, den ich um Hilfe bitten kann, und deshalb brauche ich dich.
Ich verstehe nicht, warum Menschen plötzlich nicht mehr da sind. Wohin gehen sie? Sind sie bei dir?

Wenn es so ist, dann ist Sterben gar nicht schlimm und ich bin froh, dass es dich gibt."

Sehnsucht erfasst mich. Noch einmal dieses Kind sein, das sich dem starken Arm Gottes anvertraut, ohne zu sehen oder zu verstehen. Sicher und geborgen einschlafen, weil es seine Ängste und das Bedrückende an seinen Vater im Himmel abgeben und alles ihm überlassen kann.
Doch dieses Kind, das auf sein Herz hörte, gibt es nicht mehr.
Bilder meines Lebens, die es niemals mehr geben wird, ziehen an mir vorüber und ich höre eine Stimme:
„Halte fest, lasse das, was du so sehr geliebt hast, lasse es nicht los, es gehört dir." Es ist die Vergangenheit, die zu mir spricht und ich höre ihr gerne zu.

„Du bist in meinem Traum,
für immer und ewig.
Miteinander verschmelzen,
sich in dem Anderen verlieren
und nie mehr erwachen."

Das Leben ist kein Traum.
Du bist gegangen und weit, weit weg von mir. Ich bin ohne dich aufgewacht.
Die Sehnsucht bleibt und der Schmerz.

Ich hasse dich, Tod!
Du hast mir das Liebste genommen und nicht nur bei mir hinterlässt du Spuren, die sich so tief eingraben, dass man sie nie mehr vergisst.
Wir erstarren vor dir in Sprachlosigkeit und Entsetzen, weil du dich stark und unbesiegbar fühlst.
Du trittst in den Raum und es wird totenstill.
Deine Hand ist kalt, sie greift wahllos zu und lässt diejenigen, denen du noch eine Frist gewährst, verzweifelt und ohne Worte zurück.

Wer versteht?
Ich lausche in die Einsamkeit und höre die Stimme der Gegenwart.
Es ist nichts verloren, auch wenn es so scheint.
Ein Gefäß mit Asche, das kann nicht alles gewesen sein.
Ich will das Verloren gegangene zurück, obwohl ich weiß, dass es mich zerreißen wird, wenn ich mich weiter daran klammere.
Was zu mir gehört, bleibt bei mir.
Schau auf das, was noch in dir lebt, unzerstörbar. Lerne, aus der Tiefe deiner Seele zu glauben und das Wertvollste loszulassen, es dem göttlichen Licht anzuvertrauen, denn dort ist es sicher und geborgen, und in diesem Licht möchte auch ich für immer sein.

Ein zarter Windhauch, der den Duft des Frühlings erahnen lässt, bahnt sich einen Weg durch schmale Öffnungen meiner inneren Mauern.
Ich sehne mich nach der Weite des Horizonts, meinem Sternenhimmel, der auch die dunkelste Nacht in ein sanftes Licht taucht, ich sehne mich nach der Sonne, die morgens mit ihren Strahlen den Tag begrüßt, um am Abend in der unendlichen Weite der Meere wieder zu versinken, nach Wolken, die miteinander tanzen, sich für einen Augenblick vereinen, bis der Wind sie auseinandertreibt, damit sie sich erneut finden oder sich für immer verlieren.
Mein Herz schlägt noch immer den gleichen Takt.
Leben und Tod, Endlichkeit und Unendlichkeit. Kommen und Gehen. Meine Tränen versiegen.
Ich werde sterben, doch ich habe eine Wahl.
Entweder lasse ich mich von der Angst in Ketten legen oder ich öffne mein Herz für das Licht, lerne mit anderen Augen zu sehen und gelange zu meiner Seele Grund.
Gelange zu mir.
Dort sehe ich klar und weit.
Was abfallen muss, fällt ab, was zu mir gehört, bleibt bei mir.
Wie klein und eng habe ich meinen Horizont gesteckt, auf mich konzentriert, ohne an das gesamte Leben zu denken, an

die vielen Möglichkeiten und Weiten, die sich mir erschließen, wenn ich lerne, zu verstehen, zu begreifen, was Menschsein bedeutet.
Schmerzen, Tränen, Trauer, Wut und Verzweiflung, aber auch Hoffnung, Liebe und Leben.
Dem Schweren einen Raum geben, denn nur dort kann ich wachsen und reifen.
Die Sonne berührt mit einem sanften Strahl meine Seele.
Es wird Frühling.
Ich lausche seinen Tönen und spüre Leben.

Meine Seele möchte fliegen, über die Wolken hinaus, schwerelos, voller Vertrauen und ohne Angst zu fallen. Denn es gibt die Hand, die hält.

*__Marita Hansdorfer__ ist 1949 geboren und lebt in Köln. Nach der mittleren Reife 1966 machte sie eine Ausbildung zur Zahnarzthelferin. Nach dem Tod ihres Mannes 2006 begann sie, Erlebtes und Gedanken aufzuschreiben.*

# Stundenglas

Je langsamer die Zeit verrinnt,
Desto mehr denke ich an dich.
Immer wenn ein neuer Tag beginnt,
Sage ich mir, du liebtest mich.

In jeder einzelnen Sekunde,
Bist du mir unbeschreiblich nah.
Und am Ende jeder Stunde,
Wünschte ich, du wärst noch da.

Damals schenktest du mir dein Herz,
Hast meine Liebe im Sturm gewonnen.
Doch nun bin ich erfüllt von Schmerz,
Du wurdest mir viel zu früh genommen.

Das Leben ist nicht immer leicht zu verstehen,
Das habe ich nun zu wissen begonnen.
Doch eines Tages werden wir uns wiedersehen,
Denn auch meine Zeit ist bald verronnen.

***Marion Burkhardt**, geboren 1994, lebt in Hockenheim. Neben dem Schreiben zählt das Musizieren auf Querflöte und Klavier zu ihren Hobbys.*

# Gestorben wird woanders

Der letzte Umzugskarton ist ausgepackt. Ich blicke vom Küchenfenster hinunter auf die Straße. Hier wohne ich jetzt. Heute am Samstag ist Straßenfest in meiner Straße. Eine gute Gelegenheit, die neuen Nachbarn kennenzulernen.

Frau Schubert, die alte Dame aus dem ersten Stock, hat mich heute Morgen noch mal daran erinnert: „Sie kommen doch? Es gibt Kaffee und Kuchen, Gegrilltes und Salate."

„Ich komme gern", habe ich geantwortet. „Also dann, bis heute Abend!"

Jetzt gehe ich zum Straßenfest. Ich bin neugierig auf meine neuen Nachbarn. Am Ende der Straße, bei der Baumgruppe, die Frau Schubert stolz „Unseren Park" nennt, sind Tische und Bänke aufgestellt. Etwa ein Dutzend Nachbarn sitzen dort zusammen, Frau Schubert mittendrin. Es riecht nach Rauch und gebratenem Fleisch.

Frau Schubert hat mich entdeckt und ruft mir zu: „Kommen Sie! Setzen Sie sich zu uns!"

Ich gehe hinüber zum „Park". Frau Schubert klopft mit der Hand neben sich auf die Bank.

„Hier ist noch ein Platz frei. Setzen Sie sich." Sie stellt mich den anderen am Tisch vor. Man nickt mir freundlich zu, hebt das Glas und heißt mich willkommen. Doch niemand interessiert sich sonderlich für mich. Ein anderer Neuzugang in der Straße ist das beherrschende Thema. Neben mir, zu meiner Rechten, sitzt Herr Schmitz, ein älterer Herr.

Er ereifert sich: „... und ich konnte gar nichts mehr dagegen unternehmen. Der Beschluss war schon gefasst, als ich davon erfuhr, kein Veto mehr möglich!"

„Warum wollten Sie denn etwas dagegen unternehmen?", fragt der Mann, der mir gegenübersitzt. Ein kräftiger, dunkelhaariger

Mann, Mitte dreißig, der einen kleinen Jungen im Arm hält, dem wahrscheinlich gleich vor Müdigkeit sein Eis aus der Hand fallen wird. „So ein Haus ist doch eine gute Sache!"

Frau Schubert flüstert mir zu: „Das ist Herr Rütter aus Haus Nummer 7, die Familie mit den vier Kindern."

„Aha", entgegne ich, „und von wem ist da die Rede?"

Frau Schubert deutet über die Schulter zu der frisch renovierten Jugendstilvilla. Neugierig blicke ich mich um. Am Pfosten neben dem schmiedeeisernen Gartentor entdecke ich ein glänzendes Messingschild: Hospiz e.V.

„Sicher ist so ein Haus eine gute Sache, da gebe ich Ihnen ja recht", pflichtet Herr Schmitz dem jungen Familienvater bei, „aber immer diese kranken Menschen vor Augen, die bereits vom Tod gezeichnet sind."

Nun mischt sich Frau Schubert ein: „Erstens glaube ich nicht, dass die Leute, die dort einziehen, noch sehr mobil sind. Also kriegen Sie die doch wahrscheinlich gar nicht zu Gesicht, und damals, als mein Mann im Sterben lag, wären wir froh gewesen, wenn es so ein Haus gegeben hätte. Immer wieder musste mein Mann in die Klinik, bekam dauernd Infusionen, und es gab schon lange keine Hoffnung mehr auf Heilung. Das hätte man in einem Hospiz bestimmt auch alles machen können, ohne diese Krankenhausatmosphäre und das dauernde Hin und Her."

„Das mag ja alles sein", meldet sich der smarte Mittvierziger, der am Kopfende des Tisches sitzt, „aber ich frage mich, was sich der Besitzer dabei gedacht hat, diese schmucke Villa dem Hospiz-Verein zu vermachen. Solch ein Objekt lässt sich doch gut vermarkten und wirft ordentlich Rendite ab."

„Das ist Herr Molitor, der macht in Immobilien", flüstert mir Frau Schubert zu.

„Wenn ich so etwas schon höre!", entrüstet sich der Mann mit den langen, von Lamettafäden durchzogenen braunen Haaren, der links neben Frau Schubert sitzt. Er macht einen etwas ungepflegten Eindruck, ist schlecht rasiert und an der alten Strickjacke, die über seinen Schultern hängt, fehlen zwei Knöpfe. „Ordentlich Rendite! So ein Quatsch!", poltert er weiter, „Irgendwann kommt für jeden von uns der Tag, da zählt nicht mehr die Rendite, denn das letzte Hemd hat keine Taschen."

Ich sehe Frau Schubert fragend an. Was ist das denn für ein Typ?

Frau Schubert kommt ganz nah heran und raunt mir zu: „Herr Leonardo, ein Künstler, Maler und Bildhauer."

„Nach welchen Kriterien wird man eigentlich in einem Hospiz aufgenommen und wie lebt es sich da?", will Herr Becker wissen. Herr Becker wohnt in meinem Haus, im Erdgeschoss, und ist Studienrat. Er könnte über fünfzig sein, oder auch schon sechzig. Er hat so etwas Zeitloses, wie man es bei Mitgliedern des Lehrkörpers öfter antrifft.

„Oh, dazu kann ich Ihnen etwas erzählen", melde ich mich zu Wort. „Während meiner Ausbildung habe ich mal drei Monate in einem Hospiz gearbeitet."

Herr Becker ist sehr interessiert. „Erzählen Sie!"

„Ja, also jeder Patient hat ein Einzelzimmer und kann Einrichtungsgegenstände von zu Hause mitbringen. Für die Verpflegung ist eine Hauswirtschafterin zuständig, die ganz auf die Wünsche und Bedürfnisse der Bewohner eingeht, genauso das Pflegepersonal. Man kann sogar, allerdings unter der Voraussetzung, dass sich die Angehörigen darum kümmern, sein Haustier mitbringen. Die ärztliche Versorgung ist rund um die Uhr gewährleistet und das Wichtigste ist, man versucht alles, damit der Kranke keine Schmerzen hat, bis seine Zeit abgelaufen ist. In ein Hospiz wird man aufgenommen, wenn man nur noch eine geringe Lebenserwartung hat."

„Da haben wir es! Eine geringe Lebenserwartung!", ereifert sich Herr Graf, der rechts am Kopfende des Tisches sitzt. Neben ihm thront seine Gattin, mit der ich bereits eine etwas unerfreuliche Begegnung hatte. Die wollte doch am Freitag wahrhaftig wissen, wie lange denn noch mein Möbelwagen die halbe Straße zuparken würde. Ich sagte ihr: „Bis er leer ist!" Da wurde sie etwas ungehalten, sie müsse jetzt ihre Tochter zum Ballett fahren und den Sohn zum Fechtunterricht. Es sei eine Zumutung, sich mit dem Wagen hier vorbeizumanövrieren. Daraufhin gesellte sich ein Möbelpacker zu uns, sah sich erst Frau Graf und deren Nobelkarosse an, dann den Engpass neben dem Möbelwagen, und bemerkte trocken: „Tja, fahren müsste man können!" Da war mir klar, dass Frau Graf mich mit an Sicherheit grenzender Wahrscheinlichkeit nie zum Tee einladen würde. Jetzt sitze ich ihr vis-à-vis und habe eine diebische Freude daran, zu beobachten, wie das Eis des Rüttersohnes auf ihre sandfarbene Leinenhose tröpfelt. Doch sie bemerkt es nicht und lauscht aufmerksam ihrem Gatten, der gerade mit seinem Plädoyer beginnt. Frau Schubert hat mir inzwischen gesteckt, dass Herr Graf Rechtsanwalt ist.

„Man muss doch erst die Anwohner befragen, ehe ein Hospiz eröffnet wird! Unser Haus erfährt durch die unmittelbare Nähe dieser todgeweihten Menschen eine Wertminderung, und meine Kinder sind traumatisiert, wenn hier dauernd der Leichenwagen vorfährt."

„Ich höre ja wohl nicht richtig", fällt Frau Schubert dem Rechtsanwalt ins Wort. „Todgeweiht sind wir alle von Geburt an, dauernd fahren die Leichenwagen auch nicht vor, sondern höchstens einmal pro Mensch, und Ihre Kinder sind dann wahrscheinlich in der Schule, beim Ballett oder im Fechtunterricht."

„Frau Schubert!" Herr Graf wird laut. „Zügeln Sie sich, sonst könnte das ein Nachspiel haben!"

„Ach, Sie wollen mir drohen, Sie Winkeladvokat?" Frau Schubert ist außer sich. „Jeder in dieser Straße darf hier leben und auch sterben, und Sie haben nicht das Recht, zu fordern, dass das Sterben woanders stattfindet."

Ich bin sprachlos. Diese Frau Schubert hat Courage. Als Erster reagiert Studienrat Becker und applaudiert. Die anderen am Tisch fallen in den Applaus ein, worauf Herr Graf nebst Gattin das Weite suchen.

„Mensch, Frau Schubert, dem haben Sie es aber gegeben!", sage ich anerkennend. „Allerdings haben Sie jetzt einen Freund weniger."

„Auf die Freundschaft mit so einem arroganten Lackaffen lege ich eh keinen Wert." Frau Schubert erhebt ihr Glas. „Meine lieben Nachbarn und Freunde, ich glaube, unsere Zeit ist noch nicht abgelaufen, darum lasst uns anstoßen. Auf das Leben!"

***Anita Koschorrek-Müller*** *wurde in Recklinghausen geboren und wuchs in Trier auf. In ihrer Schulzeit war das Schreiben ihr großes Hobby. Über Jahrzehnte war diese Lust am Schreiben unter beruflichen und familiären Verpflichtungen begraben. Durch die Freundschaft zu einer Jungautorin hat sie ihre Liebe zum Geschichtenerzählen und den Spaß am Schreiben wieder entdeckt.*

# Eine Schachtel voller Leben

„Wenn man unbedingt etwas erreichen will, dann fällt es einem oftmals viel schwerer. Vielleicht solltest du einfach loslassen und abwarten, was geschieht!"

„Das schaffe ich aber einfach nicht, Oma!" Sophie blickte verzweifelt in die grauen Augen ihrer Großmutter. „Seltsam", schoss es ihr durch den Kopf. „Mir ist bisher nie aufgefallen, wie trüb sie geworden sind. Ich bin mir sicher, dass Omas Augen vor ein paar Monaten noch glasklar und blitzblau waren. Ob meine Augen auch einmal ihren Glanz verlieren werden? Dann würde Phillip sicher jedes Interesse an mir verlieren. Warum nur muss ich mich in den schlimmsten Macho unserer Klasse verknallen?"

Mit einem Mal kochte Sophie innerlich vor Wut. „Verdammt, Oma! Du kapierst einfach nicht! Phillip ist der coolste Typ auf der ganzen Welt, und ich muss … ICH MUSS einfach mit ihm zum Abschlussfest gehen!" Zornig sprang die Fünfzehnjährige auf und stampfte wütend im Kreis. Ihre Großmutter aber blieb seelenruhig auf dem braunen abgewetzten Sofa sitzen und schlürfte weiter ihren Tee. Sie hatte dieses Gefühlschaos schon mehr als einmal miterlebt. Wie oft war sie selbst verliebt gewesen und hatte sich dabei zum Narren gemacht. Schmunzelnd dachte sie an Rudi zurück, ihre erste große Liebe. Aber nicht nur sie selbst hat unter den Hormonwallungen des Verliebtseins gelitten, auch ihre Tochter Susanne hat in ihrer Jugend nichts anbrennen lassen. Gewiss, die Zeiten hatten sich geändert, aber die Probleme blieben doch stets die gleichen. Nun war also ihre Enkelin der Verzweiflung nah und selbstverständlich wegen eines Jungen.

„Setz dich, Sophie! Und fluch in meinem Haus nicht herum! Das gehört sich nicht!", ermahnte sie das junge Mädchen mit ruhiger Stimme.

Stöhnend ließ sich Sophie auf den Ohrensessel fallen und verdrehte die Augen dabei. Klar, sie liebte ihre Oma von ganzem Herzen, aber alte Frauen verstanden nun einmal nichts von den Sorgen einer Jugendlichen.

„Ich zeig dir etwas!“, meinte die Großmutter schließlich. Dann stand sie ächzend auf und schlurfte zu der antiken Kommode. Sie öffnete die quietschende Tür und zog eine vergilbte Schuhschachtel hervor. Mit zitternden Händen stellte sie das offensichtlich schwere Ding auf den Tisch und hob den Deckel ab.

Sophie packte nun doch die Neugierde und sie beugte sich vor.

„Was ist das?“, wollte sie wissen und griff nach den verschieden großen Fotos und Bildern.

„Finger weg!“, schimpfte die Großmutter und schlug ihrer Enkelin leicht auf die Finger. Dann grinste sie verschmitzt und fügte zwinkernd hinzu: „Dieser Karton samt seinem Inhalt hat deine Mutter überlebt und du wirst ihn auch nicht ruinieren!“

Sophie ließ sich schmollend an die Lehne zurücksinken. „Wie gemein war das denn? Zuerst neugierig machen, und dann …“, dachte sie.

„Das ist mein Liebes- und Kummerkasten“, erklärte die Großmutter verträumt. „Von jedem Burschen, in den ich als junges Ding vernarrt war, hab ich ein kleines Andenken bewahrt.“

„Echt jetzt? Das ist ja abgefahren!“, staunte Sophie und beugte sich nun doch wieder über die Tischplatte, auf der ihre Oma gerade den gesamten Inhalt der kleinen Schachtel ausbreitete.

Nach kurzer Zeit lagen dort Fotos, Bilder, getrocknete Blumen aber auch Haarlocken und eine völlig verbogene Brille. Seufzend nahm die alte Frau ein buntes Stoffband in die Hand.

„Das gehörte Rudi. Er war meine erste große Liebe. Er hat mir dieses Haarband beim Maitanz geschenkt.“ Sie gab ihrer Enkelin den bunt gewebten Stoffstreifen. Diese zwirbelte das Band zwischen den Fingern und betrachtete es dabei andächtig.

„Was ist mit ihm geschehen?“

„Er hat Trine geheiratet und den kleinen Greißler geführt.“

„Was? Der alte Rudi vom Minigeschäft gegenüber der Kirche war dein erster Lover?“, staunte das Mädchen.

„So würde man das heutzutage wahrscheinlich nennen!“, lachte die Großmutter erheitert. „Damals war er noch ein richtig fescher

Kerl. Ohne Brille, Glatze und falsche Zähne! Du hättest ihn einmal sehen sollen. In der Lederhose und mit dem Sonntagshemd. Zum Anbeißen!“ Sie nahm das kostbare Erinnerungsstück wieder an sich, bevor es Sophie noch völlig verknittern konnte. Als Nächstes reichte sie ihrer Enkeltochter ein Foto.

„Das ganz links in dem Anzug ist Karl. Er konnte küssen …“

Sophie riss die Augenbrauen hoch. Nie zuvor hatte sie ihre Oma so reden hören. Es folgten weitere Bilder und kurze Geschichten zu den jeweiligen jungen Männern, die ihrer Großmutter zumindest für kurze Zeit das Herz geraubt hatten. Mit traurigem Blick gab diese ihr dann das verbogene Brillengestell in die Hand.

„Diese Brille gehörte deinem verstorbenen Opa. Sie wurde so verbogen und das Glas ist zersprungen, als ich ihm damals eine Ohrfeige verpasst habe.“

„Du hast Opa Sepp geschlagen?“ Sophie konnte gar nicht glauben, dass ihre sanftmütige Oma zu solchen Gewaltausbrüchen fähig war.

„Mensch Sophie! Ich war auch einmal jung … und schrecklich eifersüchtig. Ich hab deinen Opa dabei erwischt, wie er die Liesl vor dem Festzelt geküsst hat. Er hat zwar immer geschworen, dass sie ihn geküsst hat, und nicht umgekehrt, aber trotzdem! Ich habe auch meinen Stolz. Und wir waren damals immerhin schon verlobt.“

„Ich kann es gar nicht glauben, Oma!“ Das Mädchen schüttelte den Kopf.

Die alte Frau aber lächelte nur milde und legte die kaputte Sehhilfe zurück zu den anderen Andenken. Nun lag nur noch ein Foto auf dem Tisch. Interessiert schaute sich Sophie die Abbildung an. Sie erblickte einen alten, grauhaarigen Mann, der auf einen Stock gestützt, vor einem kleinen Bauernhaus stand und breit grinste.

„Wer ist denn dieser Mann?“

„Das ist Willi! Ich hab ihn vor zwei Monaten beim Seniorenausflug nach Maria Pfarr kennengelernt!“, antwortete die Großmutter und schnappte sich das Foto. „Du siehst also, mein Kind. Verliebt sein kann man auch noch mit 87!“

„Oma. Oma. Du erstaunst mich!“

Sorgsam verschloss die alte Frau die Schachtel wieder.

„Behaupte also niemals wieder, dass ich keine Ahnung von der Liebe hätte, Sophie. Ich kann dir nur eines versprechen. Auch wenn du es mir jetzt nicht glauben willst, es werden noch viele Männer in dein Leben treten und dir den Kopf verdrehen. Jeder von ihnen wird für einige Zeit der schönste, tollste und beste Mann sein, den es gibt. Aber wirklich wichtig ist, dass du dich nicht verbiegst und dich zum Affen machst, nur weil du glaubst, das zu müssen. Wenn dieser Phillip wirklich so super ist, wie du behauptest, dann wird er dich so mögen, wie du bist. Und wenn nicht, dann auch gut. Mit fast neunzig wirst du sicher auch so eine Schachtel füllen können. Oder vielleicht sogar zwei!", zwinkerte sie vergnügt.

Sophie nickte bedächtig. „Ich glaub, du hast recht, Omi!"

Die alte Frau legte ihre runzlige Hand auf die junge, zarte ihrer Enkelin und meinte: „Nun da du meine Liebesgeheimnisse kennst, wirst du nach meinem Tod diese Schachtel erhalten. Ich weiß, sie ist bei dir in guten Händen!"

„Aber Omi! Du stirbst doch nicht!"

Die Großmutter neigte ihren Kopf und streichelte sanft über Sophies Handrücken.

„Natürlich sterbe ich. Wann, weiß ich zwar nicht, aber wahrscheinlich noch lange bevor du stirbst. Darum sollst du meine Andenken bewahren. In dieser kleinen Schachtel steckt meiner Meinung nach mehr Leben, als in den meisten anderen Dingen dieser Welt. Denn wenn man liebt, dann lebt man. Man leidet zwar hin und wieder – wie du selbst gerade feststellen kannst – aber dennoch ist man voller Leben und Tatendrang!"

Fest umschloss Sophie die Hand ihrer Oma. Sie fühlte sich mit der alten Frau so tief verbunden wie nie zuvor.

*__Doris Fürk-Hochradl__ wurde 1981 geboren und lebt in Eggelsberg/Österreich. Sie ist Religionspädagogin und hat zwei Kinder.*

# Irgendwann blickst du zurück

Ja, du weißt,
irgendwann blickst du zurück
und wünschst dir,
gestern alles anders gemacht zu haben.
Und trotzdem hoffst du weiter,
dass morgen alles besser wird,
anstatt es heute schon richtig zu machen.
Denn woher willst du auch wissen,
ob nicht heute schon der Tag gekommen ist,
an dem es für dich kein Morgen mehr gibt,
an dem du zurückblickst
und das Gestern bereust.

***Florian Hück*** *wurde 1993 in Düsseldorf geboren. 2009 veröffentlichte er seinen ersten Roman „Alles ganz normal" und 2012 den ersten Teil seiner Fantasy-Reihe „Hüter des Gleichgewichts". Seine Freizeit verbringt Florian neben dem Schreiben mit Judo als Kämpfer und Trainer für Kinder und mit der Jugendarbeit in der katholischen Kirche. Außerdem besucht er gerne die Spiele seiner Lieblingsfußballmannschaft, Fortuna Düsseldorf.*

# Einmal noch

11. Juli 2012

Ihr Blick wanderte hinüber zu dem Bild an der Wand, das sie vor zwei Wochen noch gemalt hatte: ein kleines Mädchen mit Pausbacken, dessen lachender Mund von einem Ohr zum anderen reichte.

Sie wusste, dass sie in der Nacht zum letzten Mal die Augen schließen würde. Sie fühlte es. Es war in Ordnung, der Widerstand gebrochen, Frieden eingekehrt. Erik saß neben ihr, hielt ihre Hand und lächelte. Er fühlte es auch.

1. Juni 2012

Hier würde sie also bis zum Ende bleiben. Ihre Kehle war wie zugeschnürt, als Erik sie im Rollstuhl in den lichtdurchfluteten Eingangsbereich schob. An den Wänden hingen farbenfrohe Bilder und auf dem Schreibtisch der Rezeption stand ein großer Blumenstrauß.

„Raus hier", dachte sie, „ich will raus hier."

„Guten Tag, Frau Groß", begrüßte sie eine hochgewachsene, rundliche Schwester, beugte sich zu ihr herunter und gab ihr die Hand.

Clara schüttelte sie schwach und brachte ein Lächeln zustande. Da geschah es: Erik ließ die Griffe des Rollstuhls los und verließ ohne sie das Gebäude. Unwillkürlich schossen ihr die Tränen in die Augen.

„Ihr Freund kommt sicher in einem Moment zurück", versuchte die Schwester, sie mit einem aufheiternden Lächeln zu beruhigen, und fuhr fort: „Soll ich Ihnen schon einmal Ihr Zimmer zeigen?"

Clara nickte nur. Ohne Erik in ihrem Rücken fühlte sie sich plötzlich so allein, dem Gang der Dinge völlig ausgeliefert. Forsch schob die Schwester sie den langen Korridor hinunter, erwähnte, dass die Bilder an den Wänden alle von ehemaligen Patienten und

Patientinnen gemalt worden waren, und schlug Clara vor, auch zu malen, das würde die Seele glücklich und leicht machen.

Viel zu bald hielten sie an und die Schwester öffnete eine Zimmertür. Der Vorhang des Fensters war noch zugezogen und so drang das Licht nur spärlich in den kleinen Raum. Auch innen hingen Bilder an der Wand und Clara fragte sich, wer diese wohl gemalt haben könnte. Ob sie alle hier in diesem Zimmer ... Den Gedanken brachte sie nicht zu Ende.

„Entschuldige bitte", erklang Eriks Stimme in ihrem Rücken. Sie war belegt und leise. Ganz ungewohnt.

Dezember 2011

Hand in Hand schlenderten sie über den Weihnachtsmarkt, hielten an dem einen oder anderen Stand an und bewunderten die ausgestellten Waren. Clara musste lachen, als Erik sich den künstlichen Bart eines Weihnachtsmannkostüms vor das Gesicht hielt und sie mit strenger Miene ansah.

„Warst du auch brav das letzte Jahr über, damit ich dir deine Wünsche erfüllen kann?"

„Hihi", kicherte Clara, „aber natürlich."

„Nun gut", erwiderte Erik, „was wünschst du dir denn?"

Mit einem Mal wurde Clara ernst. „Ich wünsche mir eine Karussellfahrt mit dir."

Erik nahm sich den Bart vom Gesicht, schluckte und nickte. „Dann komm, gehen wir, das Karussell ist da vorn."

Clara wollte auf eins der Pferde, nachdem sie angemerkt hatte, dass ihr das Feuerwehrauto zu langweilig war. Einen Fuß stellte sie in den Steigbügel, doch dann musste Erik ihr helfen hochzuklettern, bevor er selber auf dem Pferd neben ihr Platz nahm. Auch während der Fahrt hielten sie sich gegenseitig die Hand. Clara schloss dabei die Augen und spürte den kalten Wind in ihrem Gesicht. Es fühlte sich genauso an wie früher.

September 2011

Die Perücke kratzte und pickte sie an der Kopfhaut, aber sie gefiel ihr.

„Nicht schlecht", meinte auch Erik und küsste sie sanft auf die Lippen.

Clara schloss die Augen und zog ihn näher zu sich heran. Umschlungen standen sie einen Moment da, bevor sie beide in den Spiegel blickten, der ihnen gegenüber hing. Clara lächelte hinein, Erik lächelte heraus.

August 2011

Spontan hatten sie beide Urlaub nehmen können. Ihr letzter Urlaub? So weit wollte sie nicht denken. Trotzdem schlichen sich ähnliche Gedanken immer wieder zwischen das Kofferpacken, die Hektik beim Check-in im Flughafen und die Landung am Zielort. Karibik. Als Kind hatte sie immer davon geträumt, als Erwachsene hatte ihr jedoch bedingt durch den stressigen Job die Zeit gefehlt. Nun nahmen sie sich diese. Ihr Hotel lag direkt am Strand, von ihrem Fenster aus hatten sie Meerblick. Doch Clara fehlte der Sinn dafür.

Kaum hatte sie das Zimmer betreten, fing sie an, hektisch den Koffer zu durchwühlen. Erik, erschöpft von dem langen Flug, beobachtete sie vom Bett aus, auf das er sich im Schneidersitz gesetzt hatte.

„Ich kann meine Sonnenbrille nicht finden, Erik", sagte Clara und grub ihre Hände noch tiefer zwischen die Sachen.

„Nun hilf mir doch mal und guck nicht nur zu", ermahnte sie ihren Freund gereizt, der nur ebenso gereizt kräftig ausatmete: „Pah, ist doch egal, du brauchst sie doch jetzt nicht unbedingt, setz dich doch lieber einen Moment zu mir."

„Nein, ich will sie jetzt haben. Bestimmt habe ich sie doch zu Hause liegen lassen", erwiderte Clara ungeduldig.

„Immer willst du alles sofort haben. Weißt du was, du nervst mich!" Mit lauter Stimme war es aus Erik herausgebrochen.

Clara sah ihn entrüstet an, bevor sie wütend erwiderte: „Bist mich ja bald los, da kannst du ja froh sein."

Sie war zu weit gegangen, das wurde ihr bereits in dem Moment bewusst, in dem ihr der Satz über die Lippen kam. In Eriks Augen bildeten sich Tränen und er fing an, langsam den Kopf zu schütteln.

Juli 2011

Nein, der Arzt musste sich irren. Nein, nein, nein. Es konnte gar nicht sein, was er da behauptete. Wutentbrannt knallte Clara die Autoschlüssel auf den Wohnzimmertisch und schnaubte einmal kräftig.

Erik saß auf dem Sofa und hob den Blick, als er seine Freundin ins Zimmer stürmen sah. „Was ist denn los?“, fragte er. „Stress auf der Arbeit gehabt?“

„Nein“, entgegnete Clara gereizt und ließ sich in den Sessel fallen. So plötzlich, wie die Wut sie befallen hatte, ließ sie auch wieder von ihr ab. Stattdessen schossen ihr mit einem Mal die Tränen in die Augen und sie begann, so laut zu schluchzen, wie sie es zuletzt getan hatte, als sie sich als Kind einmal beide Knie aufgeschürft hatte. Erik fragte nicht, kam nur zu ihr herüber und hielt sie fest.

***Anna Straetmans*** *ist 21 und wohnt in Marburg. In einer Anthologie des Polamedia-Verlags wurde bereits ihre Geschichte „Trauma“ veröffentlicht. Ihre Hobbys neben dem Schreiben sind Musik, Sport und alles, was das Leben sonst noch farbenfroh macht.*

# Zur letzten Ruhestätte

Der Wind spielt mit meinem silbernen Haar.
Er erzählt mir, wie schön mein Leben war.
Die Wolken werden weiter mit mir zieh'n
und mich zur letzten Ruhestätte führ'n.

***Hermann Bauer**, geboren 1951, lebt in seiner Geburtsstadt München. Seit 1988 Veröffentlichungen von Kurzgeschichten, Reisereportagen, Märchen und Lyrik in Anthologien, Zeitschriften, Zeitungen und Kalendern in Deutschland, Österreich, der Schweiz, Frankreich und als Übersetzung in Vietnam.*

# Eine Sekunde

Das Herz blutet,
der Kopf zerspringt.
Der Augenblick ist ewig,
er hält Dich unter Schmerzen fest,
gefangen in dem Raum der Kälte
ohne Lichtblick.
Hoffnung versinkt im Meer der Angst,
wie ein ewig anhaltender Bann
versuchst Du mit der hilflosen Gedankenkraft
die Uhr rückwärts zu bewegen.
Zurück in die Farben des Lebens,
zu der Geborgenheit des Wesens,
zu der Sicherheit,
ohne Furcht zu fallen,
loszulassen von den Dich verfolgenden Zeigern der Zeit.
Zurück zu dem Leben mit dem Bewusstsein
zu zweit eins zu sein,
ohne den Druck der Zeit
Ohne jeden vergeudeten Moment.
--TICK--
Wieder eine Sekunde ohne Dich.

***Jalokin313*** *wurde 1979 in Engen geboren und lebt in Rötenbach im Schwarzwald. Ihre Arbeit als Nachtschichtleiterin einer Tankstelle ermöglicht es ihr, die verschiedensten Eindrücke zu sammeln und aufzuschreiben.*

# An den Tod – per Eilpost

DER TOD SOLL STERBEN – ANGST & WUT

Der Tod soll sterben,
sich keine Körper mehr einverleiben.
Ich schlag deine Sense dir aus der Hand,
mäh deinen Kopf weg, deine Glieder,
zerreiß dir dein Lumpengewand.
Anstelle eines Herzens hast du ein Loch,
das füll ich mit Abschaum –
Du lachst?

Wart nur, du wirst sehen, das schaff ich schon noch!
Du Scheusal, stirb und verderbe,
du mieses Stück Dreck, verkriech dich im Schlamm der Erde!
Du willst meine Liebsten mir nehmen?
Mach dich bereit, dein grausames Schicksal zu erleben.
Zuerst zertrümmere ich deine hässliche Visage
Schlag ein dir deine verkrüppelte Totennase.
Unter der Erde esse ich dein matschiges Gehirn,
spei es wieder aus –
rein in das wimmernde, verfaulende Gewürm.
Ich hasse dich du Abgesandter der Hölle.
Ich bau dir einen Scheiterhaufen.

VERBRENNE!
Verbrenne – du Abschaum – du gieriges Tier,
schrei so laut du kannst –
DENN ICH BIN SCHON HIER!

An die TÖDIN – im Fluss der Zeit
DER TOD SOLL STERBEN – ES LEBE DIE TÖDIN ¬– VERTRAUEN

Sie –
Die Göttin auf Erden
spinnt deinen Lebensfaden,
ist Herrin über dein Werden und Sterben.
In der dunklen Höhle im Feuerschein
sitzt sie, die alte Schwarze,
braut im Kessel dein Gebein.
Sie wandelt, webt, gebiert, zerschneidet
im endlosen Kreislauf.
Wehe der, die sich zermartert und selbst beleidet!
Sie ist schön und hässlich zugleich,
lässt jede ein in ihr Totenreich.
Sie ist mit-Gefühl und kennt Kein Erbarmen,
sie ist Raserei.
Mit einem Lächeln liegst du in ihren Armen.
Weiß, rot und schwarz fegt sie durch die Nacht,
des Menschen Herz hüpft, wenn sie lacht.
Sie gibt und nimmt,
schmeißt dir dein Jammern um die Ohren.
Im Kreislauf des Lebens geht nichts verloren.
Sie ist die tollste Freude – deine größte Angst.
Lass dich ein auf den erdigen – ewigen
Tödinnentanz

***Irene-Maria Seimann*** *wurde 1971 geboren. Schon als Kind verzauberten sie Märchen und Geschichten. Sie hat Sozialarbeit, Kultur und Sozialanthropologie studiert und lebt mit Mann und Kater „Bärlibär“ in einem sehr alten Haus in Schneegattern/Oberösterreich. Mit ihrem Verein Elementar 5 begleitet sie Menschen mit kreativen Methoden, wenn sie sich in Lebensübergangskrisen und Trauersituationen befinden.*

# Bahnhof des Lebens

Es sind glücklicherweise erst wenige Familienmitglieder gestorben, aber als es die letzten beiden Male passierte, wurde mir eines bewusst: Das Leben ist ein Bahnhof. Ein ständiges Kommen und Gehen, Begrüßen und Verabschieden. Man entdeckt neue Orte und neue Länder, außerdem alle Altersgruppen, Hautfarben, Religionen und politische Einstellungen. Wir Menschen sind Zugwaggons. Es gibt Raucher- und Nichtraucherabteile, die einen sind Teil eines gemächlich vor sich hintuckernden Regionalexpresses, die anderen Teil eines schnellen Intercity-Expresses. Zu Beginn sind wir neugierig auf das Leben, es kann nicht schnell genug gehen und wir ärgern uns über jede Verspätung.

Gegen Ende sind wir froh, wenn wir es langsamer angehen lassen dürfen und nicht gehetzt werden. Man kann ein wenig in die Vergangenheit reisen und sich an zahlreichen Erinnerungen erfreuen. Gleichzeitig kann man am Bahnhof des Lebens eine Reise in die Zukunft unternehmen. Es ist die Zeit, in der wir nur noch ein langsamer, rostiger Waggon mit zerschlissenen Sitzpolstern sein werden. Wir wissen, was am Ende unserer Lebensreise und somit auf dem Abstellgleis auf uns wartet: feuchte Erde, mit Schleifen verzierte Blumensträuße und (hoffentlich) tränenverschmierte Gesichter. Der Waggon tritt seine letzte Reise in Richtung Endstation an.

Ich werde irgendwann so ein alter Waggon sein. Nicht mehr der modernen Zeit entsprechend und abgenutzt, aber hoffentlich viel in der Welt herumgekommen mit Hunderten bunten Erinnerungen, die mich wie Graffitis prägen. Vielleicht werde ich einmal in einem Altenheim leben, so wie Anna und Lina, meine beiden Urgroßmütter mütterlicherseits. Sie ähnelten einander in vielerlei Hinsicht. So wurden beide 1915 während des Ersten Weltkrieges geboren. Der Zweite Weltkrieg begann, als sie gerade Anfang zwanzig waren. Sie kümmerten sich in dieser dunklen Zeit um ihre Kinder, während ihre Ehemänner, Hinrich und Friedrich, für ihr Land kämpften. Anna lebte auf einem Ammerländer Bauernhof, Lina in Köln. Irgendwann kehrte Hinrich nach langer Kriegsgefangenschaft zurück. Er hatte seine jüngste Tochter, die zu diesem Zeitpunkt vier Jahre alt war, bis dahin noch nie zu Gesicht bekommen, und als er in die Küche trat, rief ihr älterer Bruder: „Dich kenn ich, du bist auf einem Foto im Wohnzimmer!"

Beide Ehemänner nahmen vor ihren Frauen den letzten Zug ins Ungewisse. Friedrich starb nach langer Krankheit und auch Hinrich war krank gewesen, hatte es Anna jedoch verschwiegen, sodass sie nicht einmal richtig Abschied nehmen konnte. Als sie es herausfand, war der Zug bereits abgefahren. Er starb an meinem ersten Schultag.

Lina folgte ihrem Mann als Dreiundneunzigjährige zwanzig Jahre später nach einer Niederlage im Kampf gegen die Demenz in seine neue Heimat. Leise hatte sich die Reise angekündigt. Vier Söhne und eine Tochter packten schweren Herzens ihre Koffer und begleiteten sie schließlich zum Kölner Hauptbahnhof. Ich bekam aufgrund der Entfernung nicht allzu viel davon mit, doch ich bin mir sicher, dass sie sich schick gemacht hatte, mit einem Mantel und einem kleinen Hut auf den weißen Locken.

Anna habe ich das letzte Mal an ihrem 95. Geburtstag gesehen. Es ging ihr gut. Zwar hat sie akustisch nicht mehr alles mitbekommen, aber ihre blauen Augen haben dennoch lebendig und interessiert in die Runde geschaut. Im selben Jahr ging es dann unvermeidlich bergab. Mich plagte ein unsagbar schlechtes Gewissen, weil ich sie nicht öfter besucht habe. Sie sagten, dass ich mir deswegen keine Sorgen machen sollte. Ich sollte mich glücklich schätzen, sie gesehen zu haben, als es ihr noch gut ging. Dann ist es passiert. Sie stand mit ihrer gepackten Tasche am Bahnhof. Ziel unbekannt. Der Schaffner pfiff zum letzten Mal und es gab nur noch eine Sache, die ich für sie tun konnte. Ihr eine gute Reise wünschen und dem Zug so lange hinterherwinken, bis er nicht mehr zu sehen war.

***Ann-Kathrin Walz*** *wurde 1992 geboren. Seit sie schreiben kann, denkt sie sich eigene Geschichten aus. Zu ihren Hobbys zählen Musik hören und machen, Disneyfilme, tanzen gehen und amerikanische Serien.*

# Leben

Gleich nach dem Klaps
auf deine Backen,
sitzt dir der Tod
auch schon im Nacken,
begleitet dich
auf Schritt und Tritt,
ist oft entfernt
nur einen Schritt.
Ein Zögern nur
in dem Moment,
ganz kurz das Band,
das euch noch trennt.
Dem Schicksal kann
man nicht entgehen.
Doch niemand weiß,
wann wirds geschehen.
Und diese Zeit,
die dir gegeben,
wo du noch bist,
die nennt man Leben.

***Irmgard Mizani*** *wurde 1946 in Brunsbüttelkoog geboren. Heute lebt sie mit ihrem Mann am Timmendorfer Strand. Aus Freude am Kreativen ist sie vor ein paar Jahren über Mosaiken und Collagen zum Schreiben gekommen.*

# Kopfbahnhof

Endlich war der alte Mann mit dem kleinen, hektisch zappelnden Kind fertig. Es hatte mindestens dreimal seine Puppe auf fremde Personen geworfen und sie dann mit großen Augen angestarrt. Der Reisende quetschte sich an ihnen vorbei nach vorne an den Schalter, blickte gestresst einige Sekunden auf die Armbanduhr und drängte sich ganz nah an die Scheibe.

Die Frau mit den heidelbeerblauen Augen hinter dem fingerdicken Sicherheitsglas brummte eine wenig einladende Begrüßung.

„Guten Tag. Wann fährt der Zug nach Bielefeld ab?", fragte der Reisende.

Die Frau zwickte ihre auffälligen Augen zusammen und raunte, er solle sich einen von den grauen Faltzetteln holen.

„Aber wegen der Bauarbeiten sind die nicht mehr gültig. Es hieß, am Bahnhof würde ich die neuen Abfahrtszeiten bekommen."

Langsam wurde die Bahnangestellte säuerlich. Sie schlug ihre Tastatur fünf oder zehn Mal kräftig an, drehte den Bildschirm so, dass Claus ein Wirrwarr von Tabellen sah, und fragte ihn, ob er die Abfahrtszeiten erkennen könne.

30 Sekunden Schweigen.

Hinter sich hörte Claus jemanden schnaufen.

Die Heidelbeeraugen starrten ihn emotionslos an.

Das ständige Anrempeln, sowie der Atem eines Fremden in seinem Nacken, erzeugte Unbehagen und verriet ihm, dass man es heute wieder sehr eilig hatte.

„Und wie erfahre ich jetzt, wann ich wo einsteigen muss? In genau vier Stunden muss ich in Bielefeld sein!"

Gereizt entgegnete sie, er solle am Besten auf eine Durchsage warten. Eine patzige Antwort hätte er vielleicht noch eingesehen. Aber diese Standardphrase ging zu weit. Das hätte er sich auch selbst denken können. Sie säuselte es spitzzüngig, mit einem hämisch-ironischen Ton, einer Spur Überlegenheit und Selbstsicherheit, einzig zu dem Zweck, ihn endlich loszuwerden.

Aber was sollte er denn auch von den motivationsfreien Bahnangestellten erwarten?

Claus nahm verärgert sein Gepäck und begab sich in die Infrastrukturhölle.

Sofort wurde er von der geistlosen Masse erfasst. Jeder ging in eine andere Richtung, versperrte den Weg, schubste ihn, änderte sein Ziel. Claus blieb nichts anderes übrig, als sich treiben zu lassen. Immer wieder stolperte er beinahe über Koffer, die seinen Weg unvermittelt kreuzten. Wie ein Geisterfahrer auf der Autobahn, montags um halb acht, musste er bereit sein, jede Sekunde auszuweichen.

Claus blickte zu einer Uhr an der Wand.

Als wäre er von einem Fließband transportiert worden, kam er vor der riesigen Informationstafel zum Stehen.

Es gab eine Uhrzeit für jeden Ort.

Auch für Bielefeld.

Zwei Zeitpunkte waren abgesagt, ein weiterer verspätete sich um eine halbe Stunde.

Sollte sich der Zug nicht weiter verzögern, würde es der Reisende um Haaresbreite schaffen. Auf keinen Fall durfte er diesen Termin verpassen.

Claus hatte bis zur Abfahrt noch rund eineinhalb Stunden zu warten.

Sein Körper entspannte sich.

Gedankenverloren, irritiert davon, nicht in Eile zu sein, wurde er von der Masse weitergetragen.

Er hatte nun zwar Zeit, aber die Zeit hatte trotzdem auch ihn.

Sie hatte ihn fest im Griff.

Wieder kam er überraschend zum Stehen.

Diesmal fragte der Reisende sich, ob die Menschenmasse besser wusste als er selbst, wohin er wollte. Oder wohin er sollte.

Der Kiosk, an dem er ankam, war überfüllt, wie die gesamte graue Halle. Nach langer Zeit, als Claus endlich an der Reihe war, wurde er erneut von einer unfreundlichen, gestressten Person bedient. Nachdem er sich aufgrund geringer Auswahl und großen Hungers ein belegtes Brötchen bestellt hatte, wies sie ihn auf den Preis hin, der natürlich, wie sollte es am Bahnhof anders sein, vollkommen überteuert war.

„Hier. Auf Wiedersehen“, verabschiedete sich Claus, bemüht, freundlich zu klingen.

Er erhielt keine Antwort von der hektischen Verkäuferin.

Schon wurde er weitergeschoben, schaffte es jedoch diesmal, aus dem Menschenstrom zu entfliehen. Der Reisende suchte eine Sitzgelegenheit, um in aller Ruhe seine Brotzeit auszupacken.

Nach einigen Minuten entdeckte er eine beinahe antik anmutende Sitzbank aus dünnen, fichtennadelgrünen Eisenstangen, die das Gefängnisgrau des Bahnhofs durch ihren zweckmäßigen Stil geradezu unterstrich.

Wieder starrte Claus auf die Uhr.

Beim Essen hoffte er kurz darauf, nicht für Salmonellen mitbezahlt zu haben.

Während Claus fünf Minuten später auf dem Weg zum Papierkorb war, fand der Reisende sich mit zu viel Zeit zum Warten ohne eine Beschäftigung.

Einige Zeit lang blickte er auf die Menschen, allesamt auf ein Ziel fixiert, geist- und herzlos, immer auf der Suche nach einer Beschäftigung, wie nutzlos sie auch sei.

Als wären sie maschinell gesteuert.

Dann sah er sich die abstoßend karge Bahnhofsvorhalle an, die Risse in der Wand, die abblätternde grünlich-gelb verblasste Farbe, die von kranken Tauben bevölkerten Mauervorsprünge, die Verkaufsstände und zu guter Letzt die blinden, schmutzigen Fenster und die verschmierten Türen, die die Menschen in diesem Verkehrsgefängnis einsperrten.

Beherrscht wurde dieser Mikrokosmos von der Uhr, die jedem sagte, wann er wo zu sein hatte.

Unvermittelt wurde er angesprochen.

Claus antwortete zuerst nicht. Er blickte den Mann an, hatte überhaupt nicht wahrgenommen, was er zu ihm sagte. Noch ehe er ihn ganz erfassen konnte, murmelte dieser irgendetwas, das Claus nur schlecht verstand, und hetzte weiter. Anscheinend hatte er keine Zeit.

Er schaute wieder auf die Uhr. Dann fragte er sich, warum er das immer tat. Nie konnte er nicht in Eile sein. Immer stand er unter Druck. Selbst dann, wenn er genug Zeit hatte.

Aber warum?

Warum versklavte er sich selbst? Warum gab er sich dem Zeitdiktat hin? Welchen Sinn hatte es, das Leben dadurch zu beschleunigen? Warum verkürzte er seine knappe Zeit noch einmal? Sollte er nicht sein Leben bestimmen, anstatt es durch die Zeit bestimmen zu lassen?

Seit Claus sich erinnern konnte, war er nicht Herr über seine eigene Person.

Immer war etwas anderes das Ziel seiner Taten, nie er selbst.

Er hatte den Zweck seines Daseins falsch verstanden.

Eine Durchsage unterbrach seine Gedanken. Der Zug nach Bielefeld fuhr nun doch rechtzeitig ab.

Claus hatte zwar die Idee, sein Leben gleich zu verändern, doch stattdessen wollte er erst einmal an der Konferenz teilnehmen.

Für Veränderungen hätte er später noch genug Zeit.

Wieder wurde der Reisende durch den Bahnhof gespült, durch die enge, niedrige und unheimlich düstere Unterführung, deren Geruch die Stimmung der Leute förmlich betonte.

Sie wirkte wie das Maul eines Ungeheuers, das die Leute durch einen Sog verschlang.

Über die Treppe gelangte er zum Bahngleis, wo nur wenige Menschen standen.

Die plötzliche grelle Sonne brannte in seinen Augen, die Luft war ungeahnt frisch.

Claus fühlte sich, als wäre er nach Jahren in der Unterwelt aus einem Verlies befreit worden.

In seiner Nähe war ein überfüllter Gepäckwagen. Der alte Mann vom Schalter stand dahinter und sprach zu dem Kind, das Claus aber nicht sehen konnte, weil es hinter dem Gepäck stand.

Der Lautsprecher verkündete in seinem monoton-geistlosen Ton die Ankunft des Zuges, auf den er nun schon so lange wartete. Wenig überraschend schloss sich daran die Warnung an, man solle hinter die weiße Linie treten, was eigentlich nie jemand tat.

Ihn überkam wieder das Verlangen, auf die Uhr zu starren.

Er bekämpfte es, indem er auf den glänzenden Schein des sich annähernden Zuges blickte.

An der Grenze seines Blickfelds sah Claus eine schnelle Bewegung. Markerschütternde Schreie erfüllten seine Umgebung.

Der alte Mann, der sich gerade noch wenige Meter vor ihm mit dem Kind unterhielt, beugte sich nun aufgeregt über die Bahnsteigkante.

Claus wurde bewusst, dass das Kind auf die Schienen gefallen sein musste. Ohne zu denken, rannte er zum Unglücksort. Er schaute sich nicht um, verschwendete keine Zeit, sondern sprang einfach ins Gleisbett.

Er sah noch die Puppe auf den Schienen und hörte den Zug auf ihn zurasen.

Im Fall blieb für Claus die Zeit stehen.

Dann schlug sein Kopf auf den braunen Stahl auf.

***Niklas Götz*** *aus Bad Kissingen ist 1995 geboren. Er besucht das Gymnasium, voraussichtlich noch bis 2014. Im April 2012 wurde er für seine Kurzgeschichte „Kopfbahnhof" mit dem 2. Preis eines Jugendliteraturwettbewerbs ausgezeichnet.*

# Wenn ich gehe ...

Wenn ich eines Tages gehe,
dann hoffe ich,
dass ich mein Lebenswerk vollendet habe,
dass meine Bestimmung erfüllt ist,
dass ich mein Glück gefunden habe.

Vielleicht habe ich bis dahin
einen Baum gepflanzt,
ein Kind in die Welt gesetzt,
ein Haus gebaut.
Vielleicht.
Vielleicht habe ich aber auch nur
eine gute Suppe gekocht,
ein Insekt aus dem Wasser gerettet,
einem Blinden zugelächelt.

Wenn ich eines Tages gehe,
dann werde ich dorthin zurückgehen,
woher ich gekommen bin.
Aber eigentlich werde ich vorausgehen
und ihr alle werdet mir folgen.

Und das Rauschen des Windes
ist in Wirklichkeit nichts anderes
als die leisen Flügelschläge
unserer Seelen.

***Petra Waibel,*** *Jahrgang 1966, lebt in Wien. Dort ist sie als Marktforscherin in einer Großbank tätig. Sie schreibt mit Leidenschaft Gedichte und Märchen, von denen einige bereits prämiert wurden.*

# Gekämpft und verloren

Vor vielen Jahren gab es im Leben von Hermann einen großen Einschnitt. Hermann war Alkoholiker und im Lauf der Zeit wurden die Mengen Alkohol, die er zu sich nahm, größer. Die ganze Familie litt darunter, doch keiner konnte etwas ändern. Eines Abends geschah es. Hermann war im Badezimmer und plötzlich kam von dort ein ziemlicher Krach.

Karin, Hermanns Frau, lief zur Badezimmertür und rief ihren Mann: „Hermann, ist was passiert? Sag was!"

Von Hermann kam keine Reaktion. Zusammen mit Michael, ihrem Ältesten, öffnete Karin die Tür und sah ihren Mann vor der Badewanne liegen. Hermann war umgefallen, lag da und starrte vor sich hin.

„Bestimmt hat er zu viel getrunken." Das war Karins erster Gedanke. Irgendwas war anders. Hermann verhielt sich nicht wie sonst. Schnell schafften Karin und Michael Hermann ins Schlafzimmer und legten ihn aufs Bett. Karin wollte einen Arzt rufen.

„Hermann, ich ruf jetzt Doktor Schneider an. Der kommt bald und hilft dir."

Hermann wollte keinen Arzt. Diese Typen waren alle Scharlatane. Der sollte ihm nicht ins Haus kommen. Karin war verzweifelt. Hermann sah schlecht aus. Es musste etwas geschehen. Außerdem war da noch Klara. Die Kleine war erst acht und verstand nicht richtig, was hier gerade passierte.

Karin bat Michael: „Bring deine Schwester bitte zu Oma. Sie soll dort heute übernachten."

Michael machte sich sofort auf den Weg. Klara wusste zwar nicht, warum sie zu Oma sollte, ging jedoch mit, da sie die bedrückte Stimmung zu Hause spürte.

Karin hatte inzwischen ihre Schwester angerufen. Sandra war sofort gekommen. Die resolute Frau war zu ihrem Schwager gegangen und hatte diesem den Kopf ordentlich zurechtgerückt. Nach dem Gespräch mit der Schwägerin ließ Hermann es ohne weiteren Widerspruch zu, dass Dr. Schneider kam, und die Einweisung ins Krankenhaus konnte problemlos erfolgen.

Im Krankenhaus stellten die Ärzte fest, dass Hermann dabei war, sich zu Tode zu trinken. Sie machten ihm klar, dass er nur eine Überlebenschance hatte, wenn er sofort und für immer aufhörte zu trinken. Hermann kam wieder auf die Beine und zum Erstaunen aller rührte er von da an keinen Tropfen Alkohol mehr an. Ohne dass ihm jemand half oder eine Therapie, gelang es ihm, zum „trockenen Alkoholiker" zu werden. Das Leben verlief in normalen Bahnen, und als Hermann Jahre später die Möglichkeit hatte, frühzeitig in Rente zu gehen, ergriff er diese Chance und widmete sich von da an seinem geliebten Schrebergarten.

Die nächsten Jahre konnte Hermann genießen. Die Familie wuchs. Er war inzwischen Opa und kümmerte sich um seine Enkelkinder, wenn diese ihn im Garten besuchten. Die Familie lebte glücklich, und Karin war froh, wie sich die Geschichte mit ihrem Mann entwickelt hatte. Keiner ahnte, was noch kommen sollte.

Einige Jahre, nachdem Hermann in Rente gegangen war – es war kurz vor seinem siebzigsten Geburtstag –, wurde er krank. Es war schlimm und er musste ins Krankenhaus. Dort blieb er ein paar Tage. Als er entlassen wurde, tat Hermann, als ob alles in bester Ordnung wäre. Eine Magensache, mehr wäre es nicht gewesen, erzählte er allen. Das war eine Lüge. Die Ärzte im Krankenhaus hatten eine andere Diagnose gestellt. Hermann hatte Krebs: Leberkrebs. Seine Lebenserwartung hatten die Ärzte mit einem halben Jahr angegeben, da nichts mehr für Hermann getan werden konnte.

Tatsächlich sah es bald so aus, als ob Hermann die Krankheit überwunden hätte. Für die Familie wirkte er gesund. Kurz bevor die Frist abgelaufen war, informierte Hermann seine Frau und die Kinder über seine Krebserkrankung. Er sagte, es ginge ihm gut, und er sah kerngesund aus. In den nächsten Monaten lebte Hermann, als ob nichts los wäre. Er kümmerte sich um seinen Garten und verbrachte seine Zeit mit Frau, Kindern und Enkelkindern. Niemand sprach viel über die Krankheit. Hermann wollte es so.

Eineinhalb Jahre nach der Diagnose verschlechterte sich Hermanns Zustand. Es fing damit an, dass er nicht mehr alles essen konnte und sich schlechter fühlte. Hermann war nicht bereit aufzugeben. Er machte weiterhin Pläne. Bald würde der Herbst kommen und die Tulpen mussten in die Erde. Hermann plante den Garten fürs nächste Jahr und überlegte, ob er nicht noch eine neue Winterjacke brauchen würde. Im Spätsommer wollte Hermann gerne eine Familienfeier haben. Alle seine Kinder und Enkel sollten dabei sein.

Michael, der Älteste, lud die Familie in sein Haus ein und kümmerte sich um alles. Während der Feier konnte man merken, dass es Hermann schlecht ging. Zwar genoss er es, alle um sich versammelt zu haben, doch strengte es ihn sehr an. Klara und ihre Familie brachten Hermann und Karin nach Hause. Klara spürte, wie erleichtert ihr Vater war, wieder zu Hause zu sein.

In den nächsten Wochen verschlechterte sich Hermanns Zustand. Bald konnte er nicht mehr aufstehen und brauchte die Hilfe einer Pflegekraft. Alle taten, was sie konnten, wussten aber, es konnte nicht helfen, nur erleichtern. Eines Abends wurde es so schlimm, dass Karin Hermann ins Krankenhaus bringen musste. Die Ärzte konnten nichts mehr für ihn tun. Klara kam ihn ein letztes Mal besuchen. Und obwohl es Hermann sehr schlecht ging, erkundigte er sich sofort nach seinen Enkelkindern. Klara erzählte ihm alles und machte sich auf den Weg nach Hause.

Am nächsten Morgen rief Karin ihre Kinder an. Hermann hatte die Nacht nicht überlebt. Er war am Morgen friedlich eingeschlafen.

***Antje Steffen*** *Jahrgang 1969, wurde in Kiel geboren. Die Autorin, die inzwischen mit ihrer Familie im Süden von Schleswig-Holstein lebt, hat bereits in über dreißig Anthologien veröffentlicht. Zu ihren Veröffentlichungen zählen Kurzgeschichten und Gedichte.*

# Mein Engel

Wir bezahlen für das Leben mit dem Tod. Keiner hat mehr oder weniger abzugeben an der Pforte zum Paradies. Der Engel, der uns von hier nach dort begleitet, macht keine Unterschiede. Er spielt hinter den Wolken auf den Saiten des Herzens die unsterbliche Melodie.

mein Engel

fliege
mein Schatz
und lasse Dich treiben
wo immer Du willst
kannst Du jetzt bleiben

hoffe
mein Liebes
Sehnsucht verbindet
wenn gestern und morgen
im Lichtstrahl sich findet

träume
mein Engel
und sei ohne Angst
weil du am Ende
ins Himmelsreich tanzt

***Regina Berger*** *ist 1961 in Hagen/Westfalen geboren. Sie lebt, schreibt, wohnt und arbeitet in Wuppertal. In verschiedenen Anthologien und Zeitschriften hat sie bereits Lyrik und Prosa veröffentlicht.*

# Leichenschmaus

Ich konnte meine Augen nicht von ihr lösen, diese Schultern, dieses Dekolleté. Ich war mir sicher, nichts konnte dieser weiblichen Schönheit das Wasser reichen. Schwarz schmeichelte ihr, schwarz betonte ihre edle Blässe. Maike. Schöne, lebensprühende Maike. Sie war meine Muse. Sie war meine Inspiration, die treibende Kraft. „Morgen noch, Sweetheart. Morgen“, dachte ich mit Bedauern.

Maike hatte noch einen letzten wichtigen Termin, dann würde ich sie gehen lassen müssen. Deswegen saßen wir jetzt hier, Maike im eleganten schwarzen Kleid. Ich selbst weniger edel, dennoch schwarz. Ich mochte nicht, dass auf Beerdigungen schwarz getragen wurde, doch die Farbe passte zu der Stimmung in dem vollen Raum.

Das Besteck klirrte auf den Tellern, wenn die Menschen um mich herum Essen zum Mund führten. Ich war schon fertig – als Vegetarierin war mir bei der Menüauswahl nicht viel geblieben. Auch nicht schlimm. Ich fand es sowieso geschmacklos, dieses Fressen nach einem Begräbnis. Als äßen wir sein Fleisch und tränken sein Blut. Die Gottesdienste, die ich als Kind besucht hatte, waren anscheinend nicht spurlos an mir vorübergegangen.

Die Gesellschaft erinnerte mich an diese kleinen Insekten, Gottesanbeterinnen. Bei Nahrungsarmut fraßen diese Fangschrecken nach der Begattung die Männchen, um ihren Eiweißbedarf zu decken. Die Bezeichnung „Gottesanbeterin“ gab es – eine Ausnahme in der deutschen Sprache – nur in der weiblichen Form. Als wären die Männchen der Gattung unsichtbar. Wie in dieser Familie.

Der Schankraum war voll mit Trauernden. Der Verstorbene hatte vier trauernde Schwestern hinterlassen, allesamt mit ihren „Männchen“, und seine Ehefrau Maike. Maikes Mann war das älteste Kind und der einzige Sohn der Familie gewesen, und nach dem Tod des Vaters auch Familienoberhaupt und Geschäftsführer des Familienbetriebes. Es war eine merkwürdige Konstellation, die Frauen, die auf eine Erbschaft hofften und einander nicht die Krümel vom Brot gönnten. Was der Letzte Wille des Verstorbenen war, würde sich erst nach dem Leichenschmaus entscheiden. Die Testamentseröffnung war direkt danach anberaumt. Diese Frauen kamen mir wie Gottesanbeterinnen vor, die andere ohne Zögern opferten, um ihre Träume zu nähren. Leichenschmaus im wahrsten Sinne des Wortes.

Ich mochte nicht, wie man sich während des Essens aus den Augenwinkeln beobachtete, wie gar nicht auszumachen war, wer die Nase am höchsten trug. Ich mochte dieses Netz aus Intrigen und Machtgehabe nicht. Es ekelte mich an, machte mich mürbe. Maike begann, mir leidzutun. Schöne, traurige Maike. Sie saß mir gegenüber und ich konnte ihre Trauer spüren. Ich wusste allerdings nicht, um was sie trauerte. Jedenfalls nicht um ihren Mann.

„Du hast ihn doch gestoßen, gib es wenigstens zu!“ Die Frau, die Maike dies zuzischte und meines Wissens nach eine der vier Schwestern des Verstorbenen war, verstummte, als ich die Toilette betrat. Sie musterte mich kühl, verließ den Raum und schlug die Tür hinter sich zu. Maike folgte ihr auf dem Fuß.

Ich war an dem Abend, als Maikes Mann starb, anwesend gewesen. Er war vom Balkon gestürzt. Da die beiden keine Kinder hatten, waren außer Maike und mir keine Zeugen anwesend gewesen. Und wenn der heutige Tag erfolgreich verlaufen würde, würde ich morgen aussagen, dass Maike und ich beim Sturz selbst nicht auf dem Balkon gesessen waren. Eine Lüge, aber von Moral hielt ich nicht viel.

Als ich die Toilette wieder verließ und mich auf meinen Platz setzte, beugte sich die zweite Schwester zu mir. „Wir haben uns noch gar nicht vorgestellt, Margarethe mein Name.“

Ich nickte, ignorierte ihre Hand und stellte mich vor: „Judith.“

Sie riss ihre Augen überrascht auf, ein „Ach so, Sie sind das!“ mimend, hielt sich aber zurück. Stattdessen sagte sie: „Eine Tragödie, finden Sie nicht auch?“ Ihre Augen blieben kalt, als sie das sagte.

Ohne sichtliche Regung nickte ich.

Ich mochte diese Familie nicht. Die Familie, die ihre Affären sogar mit an den Trauertisch genommen hatte, empfand mich als etwas Ansteckendes. „Lesbe“, wurde gezischt. Als dürfe man selbst das Wort nicht zu lange im Mund behalten. Ich mochte diese Familie nicht.

Während der gesamten Beerdigung hatte ich keinerlei Trauer fühlen können, kein Mitgefühl für die Angehörigen, die doch selbst keine Trauer an den Tag legten. Ich konnte nur hoffen, dass es kein großes Zanken geben würde – auch wenn sich das bereits anbahnte – und Maike endlich dieses verdammte Geld bekam, dass Maike ... Maike! Gerade verließ sie den Tisch. Sie war doch eben erst auf der Toilette gewesen? Einer Eingebung nachgebend folgte ich ihr.

Sie stand draußen unter dem Vordach. Es regnete. Wenig überrascht bemerkte sie mich und bot mir schweigend eine Zigarette an. Ich nahm an und ließ mir Feuer geben. Maikes Hand zitterte. Auch sie steckte sich eine an und zog hastig. Weinend.

Maike weinte!

Das war nicht die Maike, die ich kannte, nicht tough, verführerisch.

Wir waren uns in einem Club nähergekommen, erlebten eine gemeinsame Nacht. Das Problem: Sie war meine Professorin. Dann meine Idee, mir etwas Geld zu verschaffen. Was hatte sie auch erwartet, Kunst war alles, was mich interessierte, und Kunst war brotlos. Ich war chronisch pleite und sie hatte mit einer ihrer Schülerinnen geschlafen. 2000 erst mal, das war weniger als eines ihrer Monatsgehalte. Ich war bei ihr gewesen an diesem verhängnisvollen Tag. Meine Chance. Maike – es tat mir ja leid, aber von ihrem Erbe würde sie mir locker die 30 000 zahlen können. Alles im Kopf zu haben, aber nicht die Mittel, es auszuleben – nicht die Mittel, um zu überleben –, weil eben keine reichen Eltern hinter einem standen, das war schlimmer als der Tod.

Aber Maike, wunderschöne Maike. Ihre Traurigkeit berührte mich an einer ganz bestimmten Stelle, machte mich weich. Ich durfte nicht weich werden.

Ach, Maike! Sie ... sah so ... ich ... wollte sie mit Worten zeichnen. Maike, schöne, sanfte Maike. Ich musste schreiben, malen!

Wir gingen wieder rein. Ein leises Gespräch hatte begonnen. Sie spekulierten. Wer würde den Betrieb übernehmen? Würde Maike überhaupt berücksichtigt werden? Und wer war dieses junge Mädchen? Warum hatte Maike sie eingeladen?

Gott, verdammt! Zerreißt euch doch eure Mäuler!

Es strengte mich an. Ich begann langsam zu zweifeln. Ich kam mir mehr und mehr transparent vor, blass, durchgeschwitzt, wie Zwiebeln gedünstet, verbrannt und verspeist von dieser Meute. Ob ich überhaupt noch – brauchte ich Maikes Geld? War es mir so wichtig, dies durchzuziehen, dass ich mir durch diese falsche Prozedur jeden Geist rauben ließ? Was würde es mir bringen, Geld zu haben, aber nichts, was ich mir damit ermöglichte? Diese Gottesanbeterinnen – sie beteten ihren Gott an, das heilige Geld, und saugten mich gleich mit aus.

Die Stimmung schlug langsam um, alle hatten es satt, alle zählten die Sekunden. Ein Toter? Ein Verlust? Wer war doch gleich tot? Die Zeit schien nicht zu vergehen.

Doch sie existierte. Die Zeit, bestehend aus Tausenden von Geburten und Toden. Jeder Moment wurde aus der Asche des vorhergehenden geboren. Geboren im Stechen, Schmerz, im Reißen, Brennen und Beißen der Zeit. Ich fühlte uns so leer. Es war zu spät. Ich war gefangen im Rad der Zeit, was tat ich hier? Wer war ich? Seit wann machte Geld glücklich? Dreh um, beende es, bevor es zu spät ist!

„Aber jetzt ist doch alles gut! Du könntest doch bei mir bleiben – ich kümmere mich um dich." Maike flehte fast.

Wir standen vorm Gerichtsgebäude. Alle waren schon drinnen, alle außer uns.

„Hilf mir hier raus, ich bitte dich! Lass mich nicht allein! Du spürst es doch auch, wir wären so gut zusammen. Ich könnte dich lieben!"

„Nein, Maike. Nichts ist gut. Ich … weißt du, die Zeit vergeht. Das Rad dreht sich weiter – weißt du noch? Ich glaube", ich seufzte, „ich muss weiter gehen. Ich muss … Maike, mach es gut."

Ich küsste die widerstrebende Maike auf die Wange und ging. Ich hätte keine Sekunde mehr bleiben können.

Für mich bedeutete dieses Ende einen Neubeginn.

***Isabella Bönisch,*** *geboren 1992, wohnt und studiert in Berlin. Sie kommt aus dem idyllischen Dorf Irsee im Ostallgäu. Schreiben ist schon immer eines ihrer am leidenschaftlichsten verfolgten Hobbys.*

# Wie soll ich sein?

Immer geht einer
von dieser Welt,
doch was ist,
wenn es der ist,
den ich liebe?

Immer kommt eine
nicht wieder zur Tür herein,
doch was ist,
wenn es die ist,
der ich alles erzählte?

Immer lächelt jemand
zum letzten Mal,
doch was ist,
wenn es jemand ist,
der mich stets zum Lachen brachte?

Wie soll ich sein,
wenn die,
für die es sich lohnt zu sein,
nicht mehr sind?

***Nicole Geier*** *ist 16 Jahre alt und geht auf das Gymnasium Höchstadt. Ihre Hobbys sind schreiben, zeichnen und lesen. Eine ihrer Geschichten wurde bereits in einer Anthologie veröffentlicht.*

# Das Ende der Zeit

„Sterben müssen wir alle einmal", sagte der Alte.

Zwei Männer saßen auf einer Bank. Es war Oktober und die Blätter der Kastanie, unter der sie saßen, waren bunt verfärbt.

„Aber Sie sind alt und meine Tochter ist noch ein Kind." Man spürte die Verzweiflung, die in der Stimme feine Vibrationen auslöste.

„Das Wie ist wichtig", krächzte der Alte.

„Was heißt das? Sie geht noch nicht mal zur Schule", empörte sich der jüngere Mann, „da macht man sich keine Gedanken darüber, wie man stirbt."

„Ich habe die Schule nie gemocht, was natürlich jetzt keine Rolle mehr spielt. Ein Kapitel, das mein Leben nicht bereichert hat. Aber es geht auch nicht um das Wie des Sterbens, sondern das Wie des Abschieds. Ist Ihre Tochter sehr traurig, weil sie nicht zur Schule kann?", fragte der Alte und sah den Verzweifelten nicht an.

„Sie sagt, sie kenne die Schule ja nicht. Wie kann man etwas vermissen, das man nicht kennengelernt hat. Verstehen Sie das? Sie guckt mich an und sagt, sie vermisse nichts. Dabei hat sie doch noch gar nicht richtig gelebt!" Der Mann war aufgesprungen und rang nach Luft. „Setzen Sie sich wieder." Der Alte wies auf den Platz neben sich. „Leidet das Kind sehr?"

„Sie sagt, es tut nicht weh." Tränen liefen über das Gesicht des Mannes. „Ich weiß nicht, was ich tun soll. Wie kann ich ihr helfen?"

„Will sie denn Hilfe?" Der Alte drehte ganz langsam den Kopf zur Seite und blickte den weinenden Mann an. Der griff schnell nach einem Taschentuch und wischte damit über seine Wangen.

„Nein", schniefte er, „nein! Sie sagt, es ginge ihr gut. Sie will nur, dass wir bei ihr sind. Meine Frau ist jetzt im Krankenhaus. Die beiden spielen und manchmal singen sie sogar. Ist das nicht verrückt?

Unser Kind stirbt und meine Frau singt." Ein Hauch von Anklage und Verbitterung umgab ihn.

„Singt Ihre Tochter gerne?"

„Was soll das? Meine Tochter stirbt!"

„Ja, aber Sie sterben auch. Alle Menschen sterben irgendwann. Noch atmet Ihre Tochter und noch singt sie." Der Alte legte den Kopf in den Nacken und blickte zum Himmel.

Die Herbstsonne tauchte den Himmel in warmes Abendgold.

„Ein alter Mann", rief der jüngere Mann schrill mit einem Hauch von Ironie, „der sein Leben gelebt hat und hier gemütlich auf sein Ende wartet, will mir Ratschläge geben. Was wissen Sie über meine Tochter!"

„Erzählen Sie es mir", flüsterte der Alte und schloss seine Augen, „erzählen Sie mir von ihr."

Es herrschte Stille. Irgendwo in der Ferne sang ein Vogel und untermalte diesen Moment der Einkehr. Die Kastanie schien ihre Blätterkrone wie ein Schutz über die beiden Männer zu senken.

„Wäre es Ihnen lieber, ich wäre schon tot? Ginge es Ihnen dann besser?" Das Gesicht des jüngeren Mannes wurde blass. Es war ihm peinlich, denn es war, als hätte der Alte seine Gedanken gelesen.

„Wäre es Recht, ein Leben gegen ein anderes zu tauschen?" Der Alte ließ keine Ruhe.

„Nein", weinte der jüngere Mann, „nein! Entschuldigen Sie. Ich weiß, dass jeder von uns sein Leben hat. Es ist nur … Ich habe solche Angst vor dem, was kommt … und … ich würde meines für ihres geben." Er schluchzte laut und hemmungslos.

„Ich weiß", tröstete der Alte, „aber niemand weiß, was kommt und wann es aufhört. Wir bestimmen nicht Anfang und Ende. Manchmal sind wir einfach nur machtlos und können nur zusehen. Wir können aber versuchen, die Dinge, die wir machen, gut zu machen. Aber mein Junge", nun wurde der Alte väterlich, „diese Erkenntnis habe ich erst im Laufe meines langen Lebens gewonnen. Ich habe nicht immer nur alles gut gemacht. Heute frage ich mich, ob ich vielleicht immer noch hier bin, um das wieder geradezubiegen, was falsch gelaufen ist."

„Das ist es ja", empörte sich der Jüngere, „genau das ist die Ungerechtigkeit. Sie hatten Zeit, die Dinge falsch und wieder richtig zu machen. Zeit, das ist es, worum es geht."

„Ja, ich hatte schöne Zeiten, aber ich habe auch den Krieg erlebt. Ich habe viel Schmerz und Elend gesehen. Manchmal war der Tod fast noch das Barmherzigste."

„Wie können Sie so was sagen! Der Tod macht alles kaputt! Er ist das Ende der Zeit!" Der junge Mann vergrub sein Gesicht in den Händen. Er schluchzte laut.

„Hier auf der Erde bestimmt." Der Alte legte den Kopf schief, als würde er etwas abwägen.

„Was soll das schon wieder? Denken sie, es tröstet mich, wenn mein Kind woanders, im Himmel, weiterlebt?" Das Herz des jungen Vaters klopfte wie wild. Er hob den Kopf und sein Blick schien wie von Sinnen zu sein.

„Was könnte denn jetzt überhaupt trösten?"

„Sie soll leben!", schrie der Vater.

Ein welkes Blatt taumelte vom höchsten Ast der Kastanie. Es fiel sanft vor die Beine der beiden Männer.

„Ist das noch möglich?", fragte der Alte. Der junge Mann sah ihn ungläubig an.

„Nein, es ist alles getan. Es wurde alles versucht. Jetzt heißt es nur, die Zeit abzuwarten", funkelte er den Alten böse an.

„Tun wir das nicht alle?" Der Alte blickte den Jungen fragend an. Dieser schien verzweifelt, aufgeregt und ruhelos, doch dann erwiderte er den Blick und wurde ganz ruhig dabei.

„Sie war so ein frohes Kind. Sie liebte es, sich mit dem Schmuck meiner Frau zu behängen. Dann stolzierte sie durchs Zimmer und lachte, tanzte und sang lustige Lieder. Ihr Lachen war überall im Haus zu hören. Sie war so ein glückliches Kind …"

„War?" Die Frage zerschnitt die Luft. Die Mimik des Alten veränderte sich und spiegelte Entsetzen.

„Ich bestimme nicht die Zahl der Jahre, die ein Mensch auf dieser Erde ist und ich weiß nicht, ob es gerecht ist, wenn der eine Mensch früher geht als der andere, aber eins weiß ich genau: Deine Tochter lebt noch!"

„Aber nicht mehr lange", stöhnte der junge Mann.

„Und kannst du daran etwas ändern?"

„Nein, aber ich weiß trotzdem nicht, was ich machen soll. Ich möchte so gerne die Zeit zurückdrehen und vieles anders machen. Ich habe einfach Angst", flüsterte der junge Mann kaum hörbar.

Doch der Alte hatte immer noch gute Ohren. Er schien die Lippen, wie zu einem Lächeln zu verziehen, dann sprach er ganz plötzlich und übertrieben laut, jedenfalls für diese Situation: „Ach so, um Dich geht es hier also. Ich, ich, ich“, äffte er seinen Gesprächspartner nach. „Verflixt, und ich dachte, es ginge hier um Deine Tochter. SIE stirbt nämlich!“

Es entstand eine Stille, die schon einem Begräbnis gleichkam.

Die Männer saßen nebeneinander. Keiner sah den anderen an. Sie atmeten ruhig und die Spannung, die gerade noch wie ein schneidendes Schwert über ihren Köpfen tanzte, wich dem rhythmischen Raunen und Rauschen der Blätter im Abendwind.

Der junge Mann sah zum alten hinüber.

„Ich heiße Torsten“, sprach er mit festem Ton, dann holte er tief Luft, nickte und lächelte dem Alten zu. Er erhob sich, bog die Schultern nach hinten und ging, ohne sich noch mal umzudrehen.

„Paul“, antwortete der Alte, „ich heiße Paul.“

Zwei Tage später hatte ein Tief das milde Herbstwetter vertrieben. Paul saß allein auf der Bank unter der Kastanie und war in einen dicken Mantel gehüllt. Die Feuchtigkeit tat seinen Gelenken nicht gut, aber er wollte auf seine abendliche Mußestunde nicht verzichten. Ein Schatten bewegte sich auf ihn zu. Es war Torsten, der sich neben ihn auf die Bank setzte. Beide Männer sahen ruhig zum grauen Horizont. Die untergehende Sonne konnte man nur erahnen.

„Wir waren bei ihr“, sagte Torsten, „ meine Frau und ich. Wir haben sie gestreichelt und im Arm gehalten. Meine Kleine hat gesungen, ganz leise gesungen, und als sie nicht mehr singen konnte, da haben wir für sie gesungen. Sie war ganz ruhig und ist dann eingeschlafen. Lilly ist mit einem Lächeln gegangen.“

***Ramona Stolle*** *lebt und arbeitet in ihrer Heimatstadt Berlin. Sie hat bereits in mehreren Anthologien Geschichten oder Gedichte veröffentlicht und zwei Bücher geschrieben.*

# Für immer

Mit jedem Atemzug,
der meine Lungen füllt,
will ich dir nah sein.

Jeder Schlag meines Herzens
ist für dich.

Einst schlugen unsere Herzen im selben Takt.
Ich konnte dich fühlen,
in meinem Innern.

Mit der Hand konnte ich dich ertasten,
durch sanfte Tritte hast du mir stumm deine Liebe gezeigt
und mich mit dem größten Glück erfüllt.

Die gemeinsame Zeit war unbeschreiblich,
wie das Ende eines Regenbogens.
Du warst der Mittelpunkt meines Lebens,
meiner ganzen Welt,
obwohl du sie noch nie gesehen hattest.

Und deine Augen sahen sie nie.
Die Sanduhr deines Lebens
verlor viel zu früh ihr letztes Sandkorn.

Nur wenige Monate waren dir gegeben,
Monate voller Vorfreude auf das Leben.

Ich hätte gern mein Leben für das deine gegeben.
Du bist in meinem Herzen.
Du bist ein Teil von mir.

Für immer.
Solange ich lebe.
Und darüber hinaus.

***Patricia Krämer*** *ist 20 Jahre alt und studiert derzeit in Heidelberg. Tanzen ist neben dem Schreiben eine sehr große Leidenschaft von ihr, die ihr den nötigen Ausgleich im Studienalltag bietet. Sie wurde in zahlreichen Bänden der Bibliothek deutschsprachiger Gedichte veröffentlicht sowie in der Anthologie „Wie aus dem Ei gepellt" und „Tierisch gute Kindergeschichten".*

# Angst vor dem Leben

Ich stehe am Fluss. Immer hatte ich Wasser geliebt, diesen Fluss aber ganz besonders. In dem kleinen Städtchen nicht weit von dieser Stelle des Ufers war ich geboren worden, dort war ich zur Schule gegangen, mein Abitur hatte ich hier gemacht. Meine erste große Liebe lernte ich bei den Vorbereitungen zur letzten Prüfung kennen, die ich trotzdem bestand, obwohl mich der Mahlstrom der Gefühle ablenkte.

Dann, nachdem die kurze Liebelei mit Petra, die ich für die Liebe meines Lebens gehalten hatte, ihr Ende fand, ging ich nach L., die große Stadt, in der ich mein Studium aufnehmen wollte, und in der ich auf einen Neuanfang hoffte. Das Leben war schön, ich war frei, alles zu tun, was ich wollte.

Das Studium bereitete Sorgen und Erfolgserlebnisse, das Leben floss ruhig dahin. Ruhig, abgesehen von Partys, Liebschaften, Abstürzen, ganz neuen Erfahrungen in fremden Ländern im Urlaub, für den ich in den Semesterferien gerade so das Geld mit einem Aushilfsjob zusammenbekam.

Das Leben, das man als junger Mensch mit seinen spontanen Einfällen und Versuchen, aus dem üblichen Bürgertumstrott auszubrechen, für so einzigartig und rebellisch hält, das aber, wenn man es von einer höheren Warte aus betrachtet, eigentlich sehr normal und ruhig ist.

Ich zog mit Sandra zusammen in eine kleine Zweizimmerwohnung, kurz bevor ich mit dem Examen fertig war. Wir hatten uns in der Arbeitsgruppe meines Professors kennengelernt und nach anfänglichen Schwierigkeiten gemerkt, dass die unausstehlichen Macken des jeweils anderen den eigenen Macken sehr ähnlich waren.

Wir lernten einander lieben und profitierten von der Gleichartigkeit unser beider Persönlichkeiten, da wir gezwungen waren, im anderen die eigene Person zu hinterfragen und mit uns selbst klarzukommen.

Als ich wenige Monate in meinem ersten Job gearbeitet hatte, kam der Bruch, der das Leben beendete, so wie es bisher stattgefunden hatte. Nach anfänglichen Kopfschmerzen, die ich erst auf den Lernstress der Zeit im Examen und dann auf die Anspannung bei der Jobsuche zurückführte, brachte ein Besuch beim Arzt die Diagnose: Gehirntumor. Alles brach für Sandra und mich zusammen, ich verlor den Boden unter den Füßen. Es gäbe keine Möglichkeit, beim Stand der Medizin durch Operation oder Bestrahlung eine Besserung herbeizuführen. Man könne nur hoffen und immer wieder erneut kontrollieren, ob der Tumor nicht wachse und Probleme verursache.

Ein Nervenzusammenbruch brachte eine ungewollte Auszeit von meiner gerade erst angetretenen Stelle. Die Firma war großzügig und gewährte mir die Auszeit. Man warf mich nicht raus. Ich lernte, mit der Diagnose umzugehen. Trotzdem plagten mich dunkle Träume, aber mein Zustand normalisierte sich so weit, dass ich ohne allzu große Probleme meine Arbeit erledigen konnte. Sandra stand mir bei, was ich ihr nie vergessen habe in all der Zeit.

Die Jahre gingen dahin, die dunklen Träume wurden seltener, ohne je völlig zu verschwinden. Ich sah mich nicht in der Lage, Sandras Traum von einem Kind zu erfüllen. Dabei war dieser Traum auch mein Traum gewesen. Wir hatten uns in der Anfangsphase unserer Beziehung oft darüber unterhalten. Über einen möglichen Zeitpunkt, über die Erziehung, sogar Namen hatten wir uns schon zurechtgelegt. Aber nun fühlte ich mich nicht imstande, so eine Verantwortung zu tragen. Wenn ich nun bald sterben würde? Wie sollte Sandra sich und ein Kind versorgen? Natürlich würde sie das irgendwie bewerkstelligen können. Aber musste das sein? Wollte ich das?

Sandra vergoss viele Tränen, wir stritten uns, die Krise brachte uns fast auseinander. Sie hatte eine kurze Affäre mit einem Kollegen in der Uni, wo sie nach ihrem Examen eine Stelle gefunden hatte. Es war nicht leicht, aber wir schafften es, auch darüber hinwegzukommen. Wir hatten andere Träume, die von meiner Krankheit, von mir, torpediert wurden. Mal war es eine geplante Reise, die ich nicht antreten zu können glaubte. Dann hatten wir vor, als Altersvorsorge eine angenehme Wohnung zu kaufen. Ich konnte diese langfristigen Projekte nicht durchstehen. Meine Sorgen waren zu groß. Nie wollte ich auf Sandra hören, die mir versicherte, es werde schon gut gehen. Sie könne auch ohne mich den Kredit bewältigen.

Die Worte fielen ihr schwer, sie wollte nicht meinen Tod als ständigen Teilnehmer an unseren Gesprächen und Problemen dabei haben. Sie machte mir Vorwürfe, weil ich sie immer wieder dazu brachte, dieses Thema aufzunehmen. Sie wollte nicht aussprechen, dass ich sterben müsse. Diese Gespräche zehrten an uns.

„Du stirbst, natürlich! Jeder stirbt einmal. Aber ich kann es jetzt nicht mehr hören. Verdammt noch mal, lebe gefälligst, solange du noch nicht tot bist!“

Auch damit wurden wir nach und nach fertig. Aber es blieben Narben bei jedem von uns. Die Jahre vergingen. Ein neuer Job kam, eine schwere Krankheit Sandras brachte eine weitere Krise. Meine Mutter starb, Sandras Schwester kam bei einem Autounfall um.

Aber ich war ängstlich. Mein Tumor machte keine weiteren Probleme, die regelmäßigen Untersuchungen in der Klinik waren jedes Mal eine Zitterpartie, aber nie konnte eine bösartige Veränderung festgestellt werden.

Meine Angst lähmte mich bei vielen Unternehmungen. Manchmal waren es nur Kleinigkeiten. Einmal musste Sandra nach einer Feier nach Hause fahren, weil eine Panikattacke es mir unmöglich machte, mich ans Steuer zu setzen. Der Gedanke, dass der Tumor sich genau diesen Moment aussuchen könnte, um in meinem Gehirn einen Schalter umzulegen, und ein Unfall die Folge wäre, ergriff von mir Besitz. Mal konnte ich aus ähnlichen Gründen einen Urlaub nicht antreten, den wir schon geplant und gebucht hatten, und auf den wir uns vor allem schon lange gefreut hatten.

Wir wurden älter, bekamen graue Haare. Eines Novembermorgens dann fühlte sie sich unwohl und hatte Schmerzen im Unterleib. Mehrere langwierige Untersuchungen und Gespräche mit Ärzten, die ernste Gesichter machten, folgten. Die Ursache der Schmerzen war ein bösartiger Tumor in ihrer Gebärmutter. Er hatte schon gestreut. Die Ärzte konnten uns keine Hoffnung machen außer den üblichen Beteuerungen. Man könne nichts mit Sicherheit sagen, Selbstheilungskräfte des Köpers, neue Medikamente ... Nicht aufgeben!

Nur wenige Monate später siegte der Tumor über die Selbstheilungskräfte von Sandras Körper. Ich hatte in diesen Monaten meinen eigenen Tumor, der all die Jahre stumm und unbemerkt an meinem Leben teilgenommen hatte, vergessen. Ich fiel in das tiefste Loch, das ich bis dahin kennengelernt hatte. Freunde halfen mir, Klaus brachte mich sogar dazu, eine Therapie zu beginnen. Sie machte mein Leben nicht glücklicher, aber sie brachte mich wieder auf die Beine. Ich funktionierte.

Das alles ist jetzt genau ein Jahr her. Ich stehe hier nach einem Besuch auf dem Friedhof an diesem Fluss, dessen Wasser unbeeindruckt von all diesen Dingen, die in meinem Leben passiert sind, ruhig dahinfließt. Ich denke über mein Leben nach. Hatte ich es denn gelebt? Immer wieder nahm ich vor Dingen Reißaus. Aus Angst vor dem Tod schreckte ich vor dem Leben zurück.

„Lebe gefälligst, solange du noch nicht tot bist", hatte Sandra gesagt.

Und so soll es, unwichtig, wie lange es nun noch dauern würde, von jetzt an sein. Ich taste unbewusst nach der Brusttasche meines Jacketts, wo ich die Tickets für den Flug weiß.

***Bernd Schneider*** *47, wohnt in Bad Vilbel und arbeitet als Software-Architekt. Zu seinen Hobbys zählen Lesen (natürlich), Musik, Gitarre, Wandern, Filme und Astronomie. Publikationen hat er bisher nicht aufzuweisen, dies ist sein erster Versuch, eine seiner Kurzgeschichten der Öffentlichkeit zu präsentieren.*

# Bastian

Es war früh am Tag. Das dunkelgrüne Gras war noch feucht, es roch alles so frisch. Der Wind wehte mit einer sanften Brise und ließ die Felder, an denen wir vorbeischlenderten, leise flüstern. In der Ferne rief ein Habicht und Vogelgezwitscher hing in der Luft. Am Feldrand blühte roter Mohn, die Sonne brannte heiß vom wolkenlosen blauen Himmel und wir hielten uns fest an der Hand. Schweigsam gingen wir nebeneinander. Der Weg führte zum Wald, der sich am Eingang verengte und in einen schmalen Pfad verwandelte. Das Ende war in unseren Köpfen, darum sprachen wir wohl auch kein Wort. In den Baumwipfeln hallte ein monotones Rauschen, der Wald atmete, als wir durch das Unterholz streiften.

Bastian trug ein kurzärmeliges weißes Hemd, die obersten drei Knöpfe waren geöffnet und seine braune Haut schimmerte golden, wenn ein Lichtstrahl durch das Dickicht brach, doch sein Gesicht war gerötet von der Anstrengung des Weges.

Plötzlich wichen die Bäume auseinander und eine Lichtung wurde sichtbar, dabei fiel unser Blick auf den See, der unser Ziel war. Wir hatten noch den ganzen Tag vor uns.

Und hier wollten wir bleiben. Wir setzten uns ins Gras, unsere Gesichter friedlich überflutet vom Licht des Sommers. Bastian ging ein paar Schritte zum Seeufer, ich blieb an meinem Platz, folgte ihm lediglich mit meinen Augen. Bastian kauerte sich an das Ufer und ließ seinen Blick über das Wasser schweifen. Ich konnte sein Profil sehen, sein braunes Haar, sein weißes Hemd, leuchtend hob er sich ab, von dem Blau des Sees, das sich in der Ferne mit dem Blau des Himmels vereinte. Er sah so lebendig aus. Manchmal strich er mit seinen Fingern durch sein Haar.

Er rupfte sich einen Grashalm, steckte ihn in den Mund und kaute darauf herum. Bastian drehte den Kopf und sah mich an. Er lächelte zufrieden, dann erhob er sich und kehrte zu mir zurück.

Bastian liebte meine Nähe und ich liebte Bastian.

Schließlich legte er sich neben mich und schlief ein. Von Zeit zu Zeit streichelte ein Windhauch unsere Körper und bewegte für einen Augenblick unser Haar. Er schlief wie ein Kind, das Gesicht entspannt und den Mund leicht geöffnet. Was mochte er träumen? Hin und wieder zuckten seine Mundwinkel und Bastian lächelte sanft. Er war bestimmt glücklich. Ich wachte über ihn und über seinen Schlaf.

So verbrachte ich den Nachmittag, bis sich der Tag neigte.

Ich roch den Duft der Gräser, des Wassers, spürte den Wind und die Hitze der Sonne auf meiner Haut.

Bastian!

Und ohne Ende das Murmeln des Sees, das Wehen des Windes und ohne Ende die Dämmerung.

Bastian!

Er schlief, friedlich, ohne Frucht mit einem Lächeln auf seinem Gesicht, besiegt ohne Verlierer zu sein.

Bastian!

Ich bin mir sicher, er wacht nun über mich, aus einer anderen Sphäre.

## Vergänglich all die Zeit

Vom Lebensbaum fällt Blatt für Blatt,
sie taumeln mit dem Wind,
einst schautest du gelassen zu
als lebenshungrig Kind.

Blickst du zurück auf das, was war,
siehst du schon kahle Zweige,
und wenn das letzte Blatt dann fällt,
geht dein Leben still zur Neige.

Es war einmal und ist nicht mehr,
vergänglich all die Zeit,

auch morgen wird ein Gestern sein,
weil nichts auf ewig bleibt.

Die Geschehnisse von gestern
werden durch die heutigen verdrängt.
Die Geschehnisse von heute
durch die morgigen.
Letztendlich verbleiben Gedenktage,
damit nichts unvergessen bleibt.

***Petra Ewering.***

# Ende

Ein normaler Tag.
Eine normale Stunde.
Eine normale Minute.
Alles kann sich schlagartig ändern.
Alles kann sich für mich ändern.
Ein Moment, alles anders.
Jeder lebt sein Leben, sein einzigartiges, wundervolles Leben.
Kein einziges gleicht dem anderen.
Jedes ist lebenswert.
Doch ein Schlag und das Ende ist da.
Ohne Vorwarnung, ohne jegliche Zeichen der Zeit.
Zeit, die für jeden begrenzt ist.
Grenzen, die unterschiedlich gesetzt sind.
Doch wie sieht diese unsichtbare Zeitgrenze für jeden
Einzelnen aus, wie sieht sie für mich aus?
Eine Frage, auf die niemand eine Antwort weiß.
Auf die ich keine Antwort haben möchte.
Das Ende kommt früh genug.
Will ich meine ganzes Leben von diesem einen
bestimmen lassen?
Dem Tod.
Nein, und doch kreisen viele Gedanken immer in eine
Richtung.
Was geschieht nach dem Tod?
Ist dort ein Himmel?
Nein.
Gibt es die Wiedergeburt?
Nein.
Wartet das Nirvana auf jeden von uns?

Nein.
Schöne Gedanken, doch Gedanken lassen sich nur
schwer beweisen.
Beweise sind es, die die Menschen, die mich antreiben.
Ich möchte alles in meinem Leben begründen.
Nur dieses eine Thema lässt sich nicht begründen,
nicht beweisen.
Warum hat das Leben ein Ende und was geschieht
nach diesem Ende?
In meinen Gedanken gibt es nur eine richtige
Denkweise für dieses letzte Ereignis.
Ein langer, nie endender Schlaf.
Keine Träume, kein Erwachen.
Nur das Schwarz vor Augen, das man nicht in
Worte fassen kann.
Das man nie auch nur ein bisschen erfassen kann.
Alle gehen auf dieses eine schwarze Loch zu und
können es nicht abwenden.
Alle werden letztendlich umhüllt vom Nichts.
Eine mögliche Wahrheit.
Eine harte Einsicht.
Doch auch eine tröstende Möglichkeit.
Das Leben ist schwer genug.
Das Sterben ist einfach.
Warum soll es danach wieder schwerer werden.
Keine Sinne, kein Leben, keine Schwierigkeiten.
Das Nichts ist eine Wolke der Schwerelosigkeit.
Dort wird alles leicht.
Dort am Ende.
Ende.
Nichts.

***Rabea Langer,*** *18.*

# Mein roter Faden

Mein roter Faden
Verloren
Rot ist die Liebe
Gestorben
Mein Faden
Mit deinem
Verwoben
So plötzlich
Zerrissen
Werde ihn
In meinem Herzen
Weiterweben

***Rena Kunze*** *wurde 1948 in Lübeck geboren und lebt seit vielen Jahren in Bad Schwartau. Seit gut einem Jahr ist sie im Ruhestand. Gedichte schreibt sie seit ihrem 15. Lebensjahr, allerdings mit großen Unterbrechungen, in denen sie sich kunsthandwerklich betätigt hat. Sie ist in zwei Schreibgruppen aktiv. Zu ihren weiteren Hobbys zählten die Acryl- und Porzellanmalerei.*

# Gleis eins

Fast 20 Jahre wartete Markus jeden Morgen auf Gleis eins auf den Regionalzug von Stuttgart nach Tübingen, der ihn zur Arbeit brachte. Im Zug überflog Markus die Tageszeitung, löste Kreuzworträtsel oder lauschte den Gesprächen der anderen Fahrgäste. Er liebte die Ruhe am Morgen, den Tau, die verschlafenen Augen um ihn herum. Die Uhren schienen langsamer zu ticken und die Menschen wirkten friedlicher. Mehr noch als die Zugfahrten liebte er aber seine Arbeit. Die Kündigung kam nicht überraschend für Markus. Zwar trug er Verantwortung und Kollegen und Chefs mochten ihn und den frischen Kaffee, den er jeden Morgen in seinem kleinen Büro spendierte. Doch die letzten Jahre gab es viele Entlassungen. Markus sah mit an, wie langjährige Kollegen nach und nach ihren Arbeitsplatz räumten. Ihm selbst blieb die Kündigung lange erspart, bis schließlich die gesamte Produktion ins Ausland verlagert wurde.

Markus zog um, in eine alte Einzimmerwohnung, die schicke Maisonette-Wohnung mit Balkon konnte er sich nicht mehr leisten. War ja ohnehin zu groß für ihn alleine, tröstete er sich, und kochte seinen Kaffee nun in einer kleinen Kochnische. Die ersten Monate immer um 7 Uhr. Er frühstückte vor seinem PC und las dabei erst die Nachrichten, dann Stellenanzeigen. Danach tippte er Bewerbungen, ging zur Post, zum Arbeitsamt oder zu Bewerbungsgesprächen.

„Das wird ja nicht so schwer sein, einen neuen Arbeitsplatz zu finden“, dachte sich Markus. Immerhin hatte er genug Berufserfahrungen, war gesund, motiviert. Einmal pro Woche traf er sich mit Jochen und Olli – zwei ehemalige Arbeitskollegen – in einer kleinen Pizzeria zum Abendessen. Sie tauschten sich aus über ihre Jobsuche, ärgerten sich über all den Papierkram, den ihre Kündigung mit sich gebracht hatte, und machten sich gegenseitig Mut.

„Wäre doch gelacht, wenn unser Marki nicht schnell wieder auf den Markt kommt", lachte Olli und klopfte Markus auf die Schulter.

„Klaro, Marki, da brauchst dir doch keine Sorgen zu machen – außer, ich bewerb mich für die gleiche Stelle!", scherzte Jochen.

Auf einer Leinwand wurde ein Fußballspiel übertragen, die Männer bestellten die zweite Runde Hefeweizen. Es waren solche Stunden, aus denen Markus in diesen Tagen Kraft tankte. Die Stimmung war ausgelassen und er musste niemandem etwas vormachen. Seinen Eltern und seinem Bruder Ralf hatte er nichts von seiner Entlassung erzählt. Das war nicht all zu schwer: Vier Stunden Autofahrt lagen zwischen ihnen, und keinem war es wichtig, dass sie sich mehr als zwei- bis dreimal im Jahr zu Familienfesten sahen. Zuletzt an Vaters 70. Geburtstag.

„Nicht der richtige Zeitpunkt, um ihm zu gestehen, dass sein Sohn wohl bald Burger und Pommes verkaufen würde, weil er sonst keine andere Arbeitsstelle fand", dachte Markus.

Er wollte, dass sein Vater stolz auf ihn war – so stolz, wie er auf Ralf war. Ralf hatte ein paar Wochen, nachdem Markus seine Arbeit verloren hatte, die Leitung für ein Sternerestaurant in Wien übernommen, in dem er seit Jahren als Koch gearbeitet hatte. Natürlich war Markus neidisch. Die Brüder waren noch nie Freunde gewesen. Außer Olli und Jochen hatte Markus keine Freunde, denn die Arbeit war sein Leben gewesen. Doch irgendwann kam Jochen nicht mehr zu ihren wöchentlichen Treffen.

„Der hat ne Stelle beim Daimler bekommen. Nachtschicht", erzählte Olli. „Nächsten Monat wird ein Platz in der Verwaltung frei, bis dahin steht er am Fließband. Idiotenarbeit, aber mit seinem Verdienst könnte er das Arbeitslosengeld für uns beide zahlen und hätte trotzdem noch genug über, um in den Urlaub zu fahren!" Markus wusste, dass er sich für Jochen freuen sollte. Stattdessen empfand er Angst. Erst heute hatte er zwei weitere Absagen bekommen. Er hatte Angst, dass auch Olli vor ihm eine Arbeit fand. Zwei Wochen später war es so weit: Markus saß am Tresen der Pizzeria. Er starrte in sein Bierglas, versuchte, an nichts zu denken, nichts zu fühlen. Doch in ihm breitete sich die Einsamkeit aus wie ein Virus. Ein paar Stunden später – er konnte kaum mehr geradeaus laufen – verließ er die Pizzeria. Alleine. Markus merkte, wie seine Kräfte schwanden, wie er an manchen Tagen nur noch ein Schatten seiner selbst war. Er verließ nur noch selten das Haus. Neben der Spüle hatte er einen großen Vorrat an Konserven und Cornflakes, im Gefrierfach fand man das Nötigste: Tiefkühlpizzen. An manchen Abenden lag er in seinem Bett und wunderte sich, wie schnell ein weiterer Tag vorbeigezogen war, ohne dass er irgendetwas Nennenswertes getan hatte. Meistens blieb er bis mittags im Bett, schaltete dann den Fernseher ein.

Wozu noch aufstehen, wenn ihn niemand brauchte? Wozu sich anziehen, wenn niemand auf einen wartete? Er schaute sich Sendungen an, bei denen er sich früher gefragt hatte, welche Menschen sich etwas so Banales freiwillig ansahen. Manchmal schaute er sich im Internet noch die neusten Stellenanzeigen an, aber meistens hatte er ohnehin keine Motivation mehr, sich zu bewerben. Es gibt ja genug frisch gebackene Hochschulabsolventen, die scheinbar mehr gefragt waren als er.

Wenn er dann schon mal am PC war, spielte er oft Skat, Poker oder Billard ... eben Spiele, die er gerne mit seinen Kollegen nach der Arbeit gespielt hatte. Schnell ging so ein Tag am PC vorbei. Doch es gab auch die Nächte, in denen er nicht einschlafen konnte, sich im Bett hin und her wälzte und darüber grübelte, was in seinem Leben falsch gelaufen war. Die Nächte, in denen er sich um 2.34 Uhr eine Dose Ravioli kochte und sich dann die hundertste Folge von „Malcolm mittendrin“ ansah. Irgendwann, wenn die ersten Vögel anfingen zu singen, schlief er ein. Mittags wachte er dann auf, mit einem merkwürdigen Geschmack im Mund – er hatte vergessen, sich nach den Ravioli die Zähne zu putzen.

„Schmeckt so etwa das Leben?“, fragte er sich eines Tages.

Es war schon wieder Mittag, als er aufwachte, der Fernseher war noch immer an, es lief „Britt – der Talk um eins“. „Hartz-IV-Fernsehen“ hatten die Kollegen früher immer dazu gesagt. Dass er ganz unten angekommen war, das wusste Markus schon längst. Er fühlte sich elend, abgeschoben und alleine.

Doch an jenem Tag war er sich das erste Mal sicher: Den Weg „nach oben“ würde er nie mehr finden. Und irgendwie ... wollte er auch nicht mehr. Er war erschöpft. Auf Gleis eins warteten die Menschen auf ihren Zug, der schon vor zehn Minuten hätte einfahren sollen. Nach weiteren fünf Minuten tönte eine Durchsage durch die Lautsprecher: „Bitte beachten Sie, der Regionalexpress Stuttgart-Tübingen um 7.22 Uhr fällt aufgrund eines Personenschadens heute aus. Wir bitten um Ihr Verständnis.“ Die Menschen stöhnten und ärgerten sich. Sie verstanden nicht.

***Bettina Schneider*** *wohnt bei Stuttgart, wo sie 2012 Abitur gemacht hat. Sie schrieb bereits für mehrere Zeitschriften und Onlinemagazine.*

# Abschied

Lass mich noch einmal den Garten im Frühling erleben
und mich über das Erwachen der Natur freuen!
Lass mich noch einmal die Krokusse zählen
und im Blau und Gelb ihrer Kelche schwelgen.

Lass mich noch einmal in den Wald ziehen
und über die Kathedrale aus Bäumen staunen!
Lass mich noch einmal im weichen Gras liegen
und das scheue Reh beobachten.

Lass mich noch einmal ans Meer fahren
und dem Ein- und Ausatmen der Wellen lauschen!
Lass mich noch einmal das Salz auf meiner Haut schmecken
und die Sonne mir ins Gesicht brennen.

Lass mich noch einmal auf den Berg steigen
und von dort ins weite Tal blicken!
Lass mich noch einmal die bunten Wiesen genießen
und ihren Duft in mir verewigen.

Lass mich noch einmal übers Meer fahren
und ins endlose Meeres- und Himmelblau schauen!
Lass mich noch einmal die Delphine rufen
und mit ihnen in den Wellen tauchen.

Lass mich noch einmal durch die Wüste reiten
und mich in der Weite des Meeres aus Sand verlieren!
Lass mich noch einmal unter freiem Sternenhimmel schlafen
und das sanfte Licht des Mondes trinken.

Lass mich noch einmal durch die Savanne streifen
und mit den großen Herden ziehen!
Lass mich noch einmal den Atem des Löwen spüren
und mit ihm auf die Jagd gehen.

Lass mich noch einmal in den Dschungel eintauchen
und die Stimmen des Urwaldes erforschen!
Lass mich noch einmal über die Urwaldriesen staunen
und Sonnentropfen durch das Blätterdach aufspüren.

Lass mich noch einmal in deinen Armen ruhen
und den Duft deiner Haut einatmen!
Lass mich noch einmal von dir geliebt fühlen
und dann ohne Bedauern fortgehen.

***Renate Handge*** *wurde 1952 in Wuppertal geboren. Die Justizbeamtin a. D. ist verheiratet und lebt in Velbert. Ihre erste Veröffentlichung erschien in der Anthologie „Heißer Sommer" im Elbverlag. Das vorliegende Gedicht schrieb sie im Februar 2012 und widmete es Gerd.*

# Tödlicher Begleiter

Still wacht er über uns, beobachtet jeden unserer Schritte. Er ist ein ständiger Begleiter. Ein Schatten, der hinter jeder Ecke auf uns lauern könnte.

Wir nehmen ihn nicht wahr. Manchmal hören wir von ihm. In den Zeitungen. In den Nachrichten. Vielleicht ist jemand dabei, wenn er sich das holt, was ihm zusteht. Manche Menschen sind gar schon auf dem Grat zwischen seiner Welt und der unserer gewandelt. Doch wenn man einmal sein Reich betreten hat, gibt es kein Zurück mehr.

Viele haben Angst vor ihm. Angst, nicht mehr hier sein zu dürfen, wo sie hinzugehören glauben. Manche sehnen ihn sich herbei. Doch schlussendlich betrifft er uns alle. Er entscheidet, wann wir aufhören zu atmen. Wann unser Herz den letzten Schlag macht. Unser Gedächtnis den letzten Gedanken formt.

Unsere Seele wird durch seine Hand in die andere Welt gebracht. Was uns dort erwartet, weiß niemand. Manche sprechen von Göttern, die entscheiden, ob wir in eine bessere Welt kommen oder nicht. Andere glauben daran, dass unsere Seele zu Neuem geformt und uns abermals Leben eingehaucht wird. Es ranken sich viele Mythen um das, was nach dem Lebensende geschieht.

Wir können es nicht wissen.

Wenn unsere Zeit gekommen ist, wird er uns holen. Egal, ob gut oder böse, arm oder reich, fröhlich oder griesgrämig. Er wird seinen Tribut fordern und wir werden bezahlen müssen. Es bleibt uns nur übrig zu hoffen, dass uns etwas erwartet, dem wir gewachsen sind. Hoffen, dass uns nichts Böses geschieht. Dass wir weiterhin Liebe und Zuneigung erleben dürfen.

Der Tod lauert überall, versucht die Menschen in sein Reich zu holen. Wenn wir nicht achtsam sind, werden wir die nächsten sein.

***Carmen Majoleth,*** *1992 geboren, wohnt in der Schweiz und hat im Jahr 2011 das Studium an der Pädagogischen Hochschule begonnen. Seit ihrer Kindheit schreibt sie leidenschaftlich gern Geschichten und arbeitet zurzeit an ihrem ersten Fantasyroman. Veröffentlicht hat sie bisher einige Kurzgeschichten in Zeitschriften und Anthologien.*

# Nichts zu verpassen

Du hast Angst. Viel Angst. Du hast zu viel Angst. Dabei weißt du nicht einmal, wovor. Das ist es ja, was dir jene unglaubliche Furcht einjagt, dieses Nicht-Wissen-Was-Kommt. Ob da überhaupt was kommt. Manche sprechen von Licht. Andere von tiefschwarz. Eigentlich ist die Farbe des zähen Breis, in den du nicht fallen willst, um das Steckenbleiben zu vermeiden irgendwo dazwischen, auch egal. Solange es ein Brei ist. Aber kein leckerer, nach Zimt duftender Brei, der damals viel zu oft auf deine grüne Latzhose gekleckert ist, nein. Was Schwammiges, so stellst du dir das vor. Brauner stinkender, Matsch.

Oder noch besser, Morast. Zum endgültigen Versinken zu dick, zum Entkommen zu klebrig. Den Brei meinst du. Dabei ist es doch dein Kopf, der diesen Brei produziert. Der selbst zu Brei wird. Weil du keinen Zimtgeruch mehr in deine Nase lässt und deine Gedanken viel mehr daran verschwendest, welche Gummistiefel wohl am längsten halten. Dabei bist du es doch, der halten will. Über den Mindesthaltbarkeitsstempel hinaus am liebsten, dich in Zucker suhlen, um deinen Herzschlag zu kontrollieren, konservieren, abservieren statt kollabieren. Verrat mir einen Grund, wieso es sich lohnen sollte, auf dem Weg nur dem Ende entgegen zu zittern. Schau dich mal um.

Wenn du was erkennst, ist das doch erst der Anfang.

***Carolin Büscher**, 18, wohnt in Overath bei Köln. Ihre Hobbys sind Schreiben, Musik, Lesen, Theater und Kochen. Sie war Redaktionsmitglied beim Onlinemagazin des Jungen Literaturhauses Köln. Deshalb wirkte sie auch bei der Gestaltung der Zeitung „augenbrause“ sowie des Programmhefts der Jugendoper „Border“ mit.*

# Die Relativität des Sommers

Es würde ihm gut gehen. Zumindest wurde mir das wieder und wieder mit einem nachsichtigen Lächeln versichert. Ich bezweifelte es, konnte ich mich doch noch viel zu gut an warme Sommertage in einem großen Garten erinnern, der so sehr geliebt und gepflegt wurde. An Lachen konnte ich mich erinnern und lange Spiele in der Sonne. Konnte eine Stimme, der ich bedingungslos vertraute, sagen hören, dass es nie so weit kommen sollte.

Jetzt ist es so weit gekommen. Die warmen Sommertage sind schon lange vorbei, der Garten aufgegeben und ich werde ihn nur noch in einer kleinen Wohnung, umsorgt von einer Schwester, sehen können. Obwohl es jedes Mal wehtut, vergehen manchmal Stunden, in denen ich ihm stumm gegenübersitze. Jedenfalls so lange, bis er die Stille bricht.

Manchmal hat er gute Tage, geht spazieren, rennt mir davon und redet von Sommerabenden und zirpenden Grillen, von Pflanzen, vergangenen Zeiten und davon, wie sehr er das Gärtnern liebt. An diesen Tagen reißt er Vorhänge mitsamt den Fenstern auf und lässt zusammen mit mir Seifenblasen fliegen. Ich bin wieder das kleine Kind und er passt auf mich auf. Es sind diese Tage, an denen ich denke, der Sommer sei zurück, wir könnten wieder in den Garten und den Pflanzen beim Wachsen zusehen. Als hätten wir die Zeit angehalten.

Doch diese Tage sind rar.

Einmal habe ich auf seinen Wunsch das Haus und den Garten besucht. Nun gehören sie beide Fremden. Niemand war anwesend oder hatte sich um die Blumenkästen gekümmert. Bei ihm wäre das nie passiert, und wenn ich es ihm erzählen würde, stünde er einen Tag später hier und die Blumenkästen sähen so aus, wie ich sie in

Erinnerung habe. Als ich das Haus hinter mir ließ und in den Garten ging, wurde es Winter. Keine Pflanzen und keine Erinnerungen wohnten mehr dort. Verlassen und kalt, so als wäre die Sonne einfach verschwunden. Frierend und mit tauben Händen ging ich wieder. Zurück an den einzigen Ort, an dem ich die letzten Sonnenstrahlen fangen würde.

An seinem ersten Geburtstag in dieser kleinen Wohnung sind viele Verwandte aufgetaucht. Um ihm zu gratulieren und ihm Dinge zu schenken, die er alle links liegen lässt. Im Hintergrund wird getuschelt, dass es eine gute Entscheidung sei, dass er hier auf die Dauer viel glücklicher sein wird als in dem großen Haus und dem großen Garten. Ich frage mich, wann sie ihn das letzte Mal besucht hatten, um eine solche Aussage zu treffen, und überreiche nun auch mein Geschenk. Für den Rest des Tages sitzt er mit dem kleinen Blumentopf am Fenster und kümmert sich um ihn, weil ich anscheinend immer noch nicht genug Sorgfalt walten lasse. Ich sehe nur die Sonne durchs Fenster scheinen.

Manchmal hat er schlechte Tage, sitzt nur da, erzählt von Leuten, die bereits gegangen sind und nie wiederkommen werden. Von Angst, Trauer, Reue und den Leuten, die ihn nicht mehr besuchen wollen. Ihm ist kalt und selbst ich kann sehen, dass es nicht gut ist und dass es so nie gut sein wird, aber trotzdem wird von so vielen versichert und nachsichtig gelächelt. Es wird davon gesprochen, dass er sich nur eingewöhnen muss und dieses Heimweh dann verschwunden sei. Wir wissen, dass es nicht so sein wird. Alles, was ich tun kann, ist ihm vom Sommer zu erzählen und zu hoffen, dass ich die Wärme genauso gut heraufbeschwören kann, wie er es immer getan hat.

An seinem dritten Geburtstag in der kleinen Wohnung sitzen ein paar mutige Verwandte herum, reden mit leisen Stimmen und ignorieren ihn und mich. Ein paarmal werde ich gefragt, wie ich es mit ihm aushalte, aber bei meinen verständnislosen Fragen kehren sie zurück zu den leisen Gesprächen und nervösen Blicken. Er lacht darüber, sitzt mit mir bis spät in den Abend auf dem Balkon und erzählt mir von früher, als für uns beide alles besser war. Und selbst als einige versuchen aufzuräumen, vertraut er nur mir seine Blumen an.

Alle sind froh darüber, wie gut er sich eingelebt hat. Keiner erwähnt die Anrufe, in denen er unglücklich klingt und sofort von ihnen abgewimmelt wird, oder die Ausflüge, wenn er versucht, sein Haus zu finden, und ich ihn zurückbringe und ihm erkläre, warum er nicht zurück kann. Niemand redet über den nächtlichen Sturz im Bad, als er ins Krankenhaus musste und sich keiner außer mir dazu bereit erklärte, bei ihm zu bleiben, als er nicht alleine sein wollte. Stattdessen verstehen sie nicht, warum ich all das tue. Alle sind froh, aber keiner erinnert sich.

Ich bin die Einzige, die er noch anruft und zu sich einlädt. Alle anderen ziehen unverrichteter Dinge ab, und selbst wenn es um Pflanzen zu gehen scheint, weist er sie ab. Und so sieht meine Wohnung bald aus wie seine, nur scheint meine Pflege nicht das Richtige zu sein, und so tauche ich immer wieder bei ihm auf und frage ihn um Rat, und mit seinen Erklärungen bringt er selbst meine Blumen zum Blühen.

An seinem fünften Geburtstag in der kleinen Wohnung komme nur noch ich vorbei. Laut ihm seien einige Verwandte für ungefähr fünf Minuten vorbeigekommen. Genau das sagen auch die Geschenke, die wie immer unbeachtet auf dem Tisch liegen. Es wird warm, als ich einen großen Blumentopf auf den Tisch stelle und seine Augen zu strahlen beginnen. Und ich glaube für einen Moment, die Zeit angehalten zu haben, als ich ihn in meinen endlich einmal vorzeigbaren Garten mitnehme und wir dort dem Zirpen der Grillen lauschen, während die Sonne untergeht.

Oft fragt er mich nach dem Zustand seines Gartens. Ob die Blumen blühen, sich endlich jemand fleißig darum kümmert und ob man ihn vielleicht noch einmal hineinlassen würde, damit er nach dem Rechten sehen könnte. Ich besuche den Garten nicht mehr, aber ich höre immer wieder davon. Anscheinend steht dort nun ein neues größeres Haus – ohne Garten. Jedes Mal wenn ich verneine, merke ich, wie der Sommer in weite Ferne rückt, genauso wie sein Blick es tut. Von außen sieht seine Wohnung nun wie eine Oase aus, mitten im Beton, und bei jedem Besuch sehe ich neidische Blicke. Nur weiß ich genauso gut wie er, dass es nicht das ist, was wir beide wollen. Aber wir können es zumindest versuchen.

Meinen Garten will er nicht mehr sehen. Stattdessen bringe ich noch mehr Pflanzen, ignoriere die Kopfschüttler der anderen Leute und die Kommentare, dass ich seine Wohnung in einen Dschungel verwandeln würde. Was ich nicht tue. Seine Wohnung wirkt zum ersten Mal wie ein Zuhause, auch wenn er sich hier nie richtig wohlfühlen wird. Aber die Pflanzen helfen.

Plötzlich ist für die Lächler gar nichts mehr gut. Leute beginnen, zu schreien und zu streiten, lügen einander an und behaupten sie wären die Einzigen, die sich je um ihn gekümmert hätten. Keiner von ihnen hatte sich Zeit für ihn genommen, jeder hatte die Anrufe abgewimmelt und die letzten Geburtstage versäumt. Ich sage nichts zu alledem und suche einfach nur Blumen aus. Nehme mir die Blumen, mit denen er selbst die kleine Wohnung in diesen kleinen wunderschönen Garten verwandelt hat. Die Blumen, die außer mir niemand haben will, auch wenn jeder von seiner Liebe für seinen Garten spricht.

Und als ich die Blumen auf die sorgfältige Weise, die immer nur seine war, vor den Stein setze, glaube ich zu merken, dass es langsam wieder Sommer wird.

In einigen Jahren werde ich mit meiner Tochter im Garten knien und ihr erklären, wie sehr ihr Uropa seinen Garten und seine Pflanzen geliebt hatte, werde an warmen Sommerabenden im Garten sitzen, den Grillen beim Zirpen lauschen und werde mich an andere Sommertage erinnern. Und mir wieder einmal wünschen, dass ich die Zeit anhalten könnte.

***Carolin Fuchs**, geboren am 11.12.1992, wohnt in Essingen. Ihre Hobbys sind Lesen, Schreiben, Schwimmen.*

# Was bleibt, ist die Erinnerung

Was bleibt ist die Erinnerung,
an die vielen schönen Momente mit dir,
und auch die traurigen.
Was bleibt ist die Ungewissheit,
die Frage, was gewesen wäre wenn ...
Wenn du nicht auf die falsche Bahn geraten wärest,
in den Sog des Alkohols.
Wie viele Jahre wir dann noch erleben könnten, gemeinsam .
Was bleibt, ist die verzweifelte Frage,
warum, warum du dich so entschieden hast?
Was bleibt ist das Grab,
zu dem wir nun nur noch gehen können,
wenn uns danach ist.
Was bleibt ist die Erinnerung an dein Gesicht.
Doch ich habe Angst, dass sie mehr und mehr verblassen wird
Die vielen schönen Momente,
als habe sie jemand wegradiert und dein Leben so ausgelöscht.
Was bleibt ist die Depression, in die man immer wieder fällt.
Und das schlechte Gewissen, das einem immer wieder sagt:
Man hätte sich mehr um dich kümmern müssen,
man hätte dir helfen können.
Aber du wolltest dir ja nicht helfen lassen.
Was bleibt, ist immer und immer wieder die Frage, warum.
Was bleibt, sind Tränen, die zum Meer werden,
wenn man sich viel zu lange damit beschäftigt.
Was bleibt, sind lauter kleine Bilder, die man
auch Erinnerungen nennt.
Was bleibt, sind diese Erinnerungen,
alles, was wir gemeinsam erlebt haben,

aber nie mehr erleben können.
Was bleibt, sind die traurigen und immer
wiederkehrenden Gedanken,
was wir noch alles hätten gemeinsam erleben können,
was wir noch gemeinsam erleben wollten.
Was bleibt, sind tröstende Gedanken.
Sind letzten Endes nur noch, dass es dir jetzt besser geht.
Was bleibt, ist ein kleines bisschen Hoffnung.
Das es dir dort, wo du jetzt bist, besser geht,
dass du jetzt wieder gesund bist und geheilt.
Für immer.

***Catherine Granica**, 1988 in Bochum geboren, macht seit 2010 eine Ausbildung zur Heilerziehungspflegerin. Neben dem Schreiben geht sie außerdem gern ins Kino und jobbt als Babysitterin.*

# Nadeltanz

Ich sitze am Fenster und stricke mein Leben,
das Klappern der Nadeln zählt die Zeit.
Mal ist ein spielend einfaches Muster vorgegeben.
Dann ist es leicht und ich komme recht weit.

Manchmal ist das Muster kompliziert,
dann muss ich kämpfen, mich wieder und wieder besinnen.
Mal arbeiten die Nadeln wie geschmiert,
aber oft genug muss ich wieder von Neuem beginnen.

Mal liegen die Maschen warm auf der Hand,
die Wolle ist dick und schwer.
Eine jede Masche ein Kraftaufwand,
Maschen legen sich kreuz und quer.

Mal sind die Maschen winzig und fein,
die Sache kommt nicht voran.
Mach ich einen Fehler, sind sie zum Verbessern zu klein,
ich fange nochmals von vorne an.

Masche für Masche dem Ziel entgegen,
auf dass es so wird, wie ich's mir dachte.
Ich suche mir Muster, die mir gelegen,
hoffe, dass ich auch aus meinem Leben ein Kunstwerk machte.

Die Jahreszeiten kommen und gehen.
Habe einige Schicksale um mich herum gesehn.
Ich betrachte mein Leben, kreier das Design.
Bin ich zufrieden? Mal ja und mal nein.

Und denk ich am Schluss:
Wenn Spaß und Genuss
überwogen den Verdruss,
wenn ich viel versucht, viel gelacht,
manchen nicht nur mit warmen Strümpfen bedacht,
hat mich einiges zufrieden gemacht.

Ich sitze am Fenster und stricke mein Leben,
der Tanz der Nadeln zählt die Zeit.
Irgendwann werde ich sie aus den Händen legen.
Dann ist es gut, dann ist es so weit.

***Regis Bothe.***

# Herzen

*Poch-poch-poch. Poch-poch-poch.*

Drei Herzen. Von dir. Ihr. Mir.

Doch meins klopft seltsam. Unregelmäßig. Mal überholt es eure, mal liegt es viel zu weit zurück. Aber das Pochen wird schwächer. Immer schwächer.

Du merkst es, bleibst in letzter Zeit näher an mir, obwohl etwas Hauchdünnes uns trennt, spüre ich deine Wärme und Liebe. Auch jetzt bist du wieder da, eng an mich geschmiegt, als würdest du mich nicht loslassen wollen.

Aber was soll ich tun?

Ich höre ihr Lieblingsstück, Liszts Liebestraum, oft, sehr oft, hat sie uns diesen Namen vorgesagt.

„Wahrscheinlich werdet ihr dieses Stück genauso wie ich lieben", hat sie gesagt, während sie es immer wieder auf ihrem Klavier spielte, und wir ließen uns von den Tönen einlullen und verzaubern.

Eine plötzliche Traurigkeit steigt in mir auf. Werde ich wirklich nie nach den Tasten dieses wunderbaren Instruments greifen können? Werde ich nie selber den „Liebestraum" versuchen zu spielen? Ich freute mich doch so. Auf sie. Auf unser gemeinsames Leben. Ein neues Leben, ein anderes, nicht so ein langsames, traumhaft gemütlich erscheinendes Leben. Ein Leben, wo wir all unsere Sinne benutzen können, ein Leben, wo uns nicht mehr dieses Hauchdünne trennen wird. Werde ich dich nie wirklich umarmen können? Nie?

Mein Herzpochen stolpert wieder, schräg, wie in einem falschen Takt. Wie wenn sie keuchend hustet oder während des Klavierspielens so lacht, dass ihre Finger anfangen zu wippen und falsche Tasten treffen.

Ich habe Angst, was kommen wird. Wird es wehtun? Werde ich was spüren? Und was ist danach? Wirst du es aushalten können, mit so etwas Schrecklichem auf engstem Raum zusammen zu sein? Ich habe Angst, dich zu verlassen, aber gleichzeitig auch, dich mit ins Verderben zu ziehen.

Jetzt rast es. So schnell, dass ich mit meinen Gedanken nicht nachkomme. Zu schnell. Irgendetwas Kaltes umklammert es, zerdrückt es schier. Irgendetwas, was mich meine Hände flehend und bittend nach dir ausstrecken lässt, ein stummer Hilfeschrei. Das Blut rauscht dröhnend durch meinen Körper. Meine kleinen Finger zittern wie verrückt.

„Ich will nicht, dass es passiert, ich will es nicht!", ruft es in mir immer und immer wieder.

Du umarmst mich beruhigend. Doch als ich deinen gleichmäßigen Herzschlag spüre, weiß ich, dass ich loslassen muss. Dass ich es einfach nicht weiter aushalten kann, obwohl ich mich so fürchte. Ein letztes Mal umarme ich dich noch mal innig. Dann lasse ich dich los und habe Angst – aber diesmal zum letzten Mal – und treibe von dir fort. Das Herz rattert. Ohrenbetäubend laut. Das Blut rauscht. Noch lauter. Lauter. Lauter.

Dann ein letzter Gedanke. *Ich liebe dich, mein Zwillingsschwesterherz.* Ein kurzer Schmerz. Ein helles Licht.

*Poch-poch. Poch-poch.*

Zwei Herzen.

***Charlotte Cabos**, 17, wohnt in Singapur. Sie hat bereits bei mehreren Schreibwettbewerben des Papierfresserchens MTM-Verlags mitgemacht und außerdem ihre Geschichte „Eisprinzessin" in einer Anthologie veröffentlicht. Ihre Hobbys sind Lesen, Schreiben, Ballett.*

# Von der Zeiten Fracht

Zeit zu haben, Zeit zu geben,
werden wir geboren, gefüllt mit Tagen
und mit Gaben, mit der einen zu fragen.

Und wenn wir Leben schenken,
verstehn wir, was wir aus uns da heben?
Schließen wir das Wagnis auf, das Himmel lenken.

Sieh der Sternen Bilder und frage,
was es bedeutet, und wage
zu sein, zu einem Wesen zusammengefasst.

Und wenn wir Lichtgeborne mit der Sonne laufen,
ist in jedem Schritt erfasst
Ertrag aus Jahren, den abgelauf'nen, die uns ihr verkaufen.

Was sich nicht mehr wandelt,
löst sich auf in allem; wer ermisst
in allem, was sein kann, der schillernden Schöpfung Band.

Staub, zu dem ich werde, vielleicht gehört er
einst Sternen, deren Stand
denen, die unter ihm geboren, Zeichen ist.

Noch nie gewes'nes Zeichen, das von dir handelt
und reicht bis zu deines Wesens Ränder.

***Christoph Eberle,*** *1979 in Neunkirchen/Saar geboren. Veröffentlichungen in Anthologien und Literaturzeitschriften.*

# Wehmut

Du bist gegangen, ohne Abschied, ohne ein Wort,
Bist gegangen und bleibst für immer fort.
Du bist gegangen, nahmst mit mein ganzes Glück,
Bist gegangen und ließt mich allein zurück.

Nun steh ich hier und weine; weine wie ein Kind
Und über dein Grab säuselt leise der Wind.
Ich wollt dir noch so vieles sagen,
Ich hatte noch so viele Fragen.

Du bist gegangen, mein Herz ist so schwer,
Mir ist, als ob auch ich gestorben wär.
Du bist gegangen, vorbei – mein Glück,
Bist gegangen und kommst nie mehr zurück.

***Gisela Luise Till**, geboren 1944, lebt mit ihrem Mann in Alsdorf bei Aachen. Schreiben hat sie im Leben immer begleitet, doch erst als Seniorin schrieb sie den Fantasieroman „Die Zauberperle“, der im Papierfresserchens MTM-Verlag erschienen ist. Seitdem hat die Autorin an den ausgeschriebenen Anthologien teilgenommen und ist dort mit mehreren Geschichten vertreten. Im Literaturkreis „Kreatives Schreiben“ schreibt sie Kurzgeschichten und Gedichte, die sie bei Lesungen in ihrer Heimatregion vorträgt.*

# Gratwanderung

Auf dem Parkplatz steht ein roter VW. Und wieder tut sich der Abgrund auf. Schwarz gähnt das bodenlose Loch. Meine Beine beginnen zu zittern. Meine Füße finden keinen Halt auf dem bröckelnden, spitzen Untergrund. Ich rutsche ein Stück und rudere mit den Armen, um nicht zu fallen. Eine grauenhafte Kälte zieht herauf und kriecht in meinen Körper. Ich beginne zu frösteln. Schaudernd wende ich meinen Blick ab. Der nette ältere Herr an der Pforte nickt mir freundlich zu, als ich die Firma verlasse.

Auf dem Weg nach Hause ziehe ich den Schal etwas fester und stecke meine Hände in die Taschen meiner Jacke. Die Kälte hat mich noch nicht verlassen.

Zu Hause ist es warm. Das weiche Licht der Küchenlampe besänftigt ein wenig meine unruhigen Gedanken. Ich schmiere die Butterbrote für meine drei Kinder. Das Gelächter und das Gewusel meiner Bande stellen mich wieder auf festen Boden. Der Abgrund rückt in weite Ferne. Der bedrohliche Absturz – noch einmal abgewendet.

In dieser Nacht träume ich schlecht, wieder einmal. Der Grat, auf dem ich stehe, ist so schmal, dass er mir in die Füße schneidet. Ich muss mich konzentrieren, um nicht das Gleichgewicht zu verlieren. Schweiß steht auf meiner Stirn. Es kostet mich unglaubliche Mühe, in diesem Balanceakt zu verharren. Wind kommt auf. Zerrt an mir. Ich verliere den Halt. Stürze nach vorne, in diesen nicht enden wollenden Abgrund. Schweißgebadet wache ich auf.

Ich gehe ins Badezimmer und putze meine Zähne, um den bitteren Geschmack der Angst aus meinem Mund zu vertreiben. Es ist fünf Uhr. Schlafen kann ich jetzt sowieso nicht mehr. Ich bereite alles für das Frühstück vor und packe die Pausenbrote für meine Kinder. Der Kaffee tut mir gut. Ich schaue aus dem Fenster unserer kleinen Küche. Draußen wird es langsam hell. Die Straßenlaternen werfen einen dunstigen Schimmer durch den aufziehenden Bodennebel. Das Bild, das ich sehe, ist freundlich, still und gut. Ich bin froh, dass wir hier wohnen. Dass wir hier als kleine Familie ein neues Zuhause gefunden haben. Meine Kinder fühlen sich wohl, sind endlich angekommen, konnten das schreckliche Erlebnis hinter sich lassen.

Thomas fehlt mir noch immer so sehr. Meine Freunde haben gesagt, es wird besser werden mit der Zeit. Es wird leichter. Doch ich sehe noch immer die Bilder. Der schreckliche Unfall: unser kaputtes rotes Auto. Das Blut. Höre die Schreie meiner Kinder und sehe Thomas, wie er daliegt, mit seinen erstarrten Augen. Ich wusste es sofort. Selbst als sie versuchten, ihn zu reanimieren. Ich wusste, er kommt nicht wieder.

Nach drei Monaten sind wir umgezogen. Ich konnte unser gemeinsamen Haus nicht mehr ertragen. Alles hat mich an ihn erinnert und an die Familie, die wir einmal waren.

Ich bin nur noch halb. Und dennoch muss ich ganz sein. Für meine Kinder, für das neue Leben, das ich versuche, hier zu leben. Wie oft schon stand ich vor diesem Abgrund. Ich weiß, wenn er mich holt, dann ist es vorbei. Dann komme ich niemals wieder heraus. Deshalb muss ich stark sein, stärker als dieses schwarze Loch.

Ich winke meinen Kindern durch das Küchenfenster, als sie gehen. Mein Jüngster wirft mir eine Kusshand zu. Ich fange den Kuss und lege ihn mir auf die Wange. Ben lacht und winkt noch einmal.

Aus einem Impuls heraus ziehe ich meine Stiefeletten wieder aus und lege den Rock zurück in den Schrank. Ich ziehe eine Jeans an und krame dann aus der hintersten Ecke einen Schuhkarton hervor. Die Wanderstiefel hatte mir Thomas geschenkt. Letztes Jahr kurz vor dem Unfall. Vielleicht hat er ja gewusst, dass ich sie einmal brauchen werde. Mit Bergstiefeln an meinen Füßen verlasse ich das Haus. Heute wird es besser werden, das weiß ich.

***Sabine Kohlert*** *wurde 1970 in Nürnberg geboren und lebt mit Ehemann und zwei Kindern in Erlangen. Sie verfasst Kurzgeschichten und Gedichte, die bereits in zahlreichen Anthologien veröffentlicht wurden. Derzeit arbeitet sie an ihrem zweiten Romanprojekt und ist festes Mitglied einer Schreibwerkstatt.*

# Ein Abschied

Mutter hatte alles gut vorbereitet. Ende November begann sie, aufzuräumen. Verschenkte viele Dinge und warf noch mehr fort. Im Dezember schleppte sie mich zum Notar, wo ich eine Generalvollmacht unterzeichnete, und sie zusätzlich ihr Testament. Wann immer sie anfing, vom Tod zu reden, lenkte ich ab. Manchmal ließ sie mich damit durchkommen, an anderen Tagen nicht. Es war der zweite Advent, als sie mich festnagelte.

„Ich habe keine Angst vor dem Tod." Sie sagte es zwischen einem Bissen Apfelkuchen mit Sahne.

„Schmeckt wirklich lecker", sagte ich.

„Irgendwann muss jeder mal gehen. Der eine früher, der andere später."

„Kann ich noch etwas Sahne?"

Sie trank einen Schluck Kaffee. „Ich hab ein gutes Leben gehabt. Habe nichts ausgelassen." Sie zog das gerahmte Bild von Vater aus dem Regal. „Ich habe geliebt und gelitten, das ist mehr, als manche von sich sagen können. Ich bin zufrieden. Deshalb habe ich keine Angst vorm Sterben."

„Mama, können wir bitte das Thema wechseln?"

„Ist es so schlimm?"

„Du wirst nicht so bald sterben. Sei doch nicht so pessimistisch."

„Ich werde achtzig, meine Liebe. Und hundert möchte ich nicht werden." Ich ließ sie reden. Hörte nur mit halbem Ohr zu. Nahm sie nicht weiter ernst. Vielleicht hatte ich auch Angst.

Sie machte viele Besuche um Weihnachten und auch noch im Januar. Reiste zu entfernten Verwandten und Freunden nach Berlin. Mitte März zeigte sie mir eine Vorsorgevollmacht. „Du weißt, dass ich keine lebensverlängernden Maßnahmen wünsche, nicht wahr?" Ich schluckte, nickte.

„Christel, das ist mein Ernst. Hast du verstanden?“ Ihr Blick wirkte so bedeutungsschwanger, dass ich zusammenzuckte. „Ich habe es aufgeschrieben in der Vorsorgevollmacht. Und du“, sie legte eine Pause ein, „du sollst dich daran halten.“ Mein Nicken reichte ihr nicht. In ihren Augen loderte ein Feuer, das mich an einen Fanatiker erinnerte. „Christel, versprich, dass du dich an meinen Willen halten wirst.“ An jenem Tag im März, die Osterglocken blühten im Kasten auf dem Balkon, versprach ich meiner Mutter, ihren Willen zu achten. Ich ahnte nicht, wie schnell ich das bereuen sollte.

Es war Ende Mai, als Mutter einen Schlaganfall erlitt. Der Anruf vom Krankenhaus weckte mich kurz nach Mitternacht. Wenn um diese Zeit das Handy klingelte, konnte das nichts Gutes bedeuten.

Ich erschrak, als sie so winzig inmitten piepsender Apparaturen und Schläuche lag. Die hellblauen Augen matt, als hätte sich ein Schleier darübergelegt. Sie starb nicht an diesem Tag. Die Wunder der Medizin retteten ihr Leben. Ich bin sicher, sie hätte es sich anders gewünscht.

Danach konnte sie nicht mehr klar sprechen. Ab und an stieß sie Laute aus, die ihr wohl selbst unheimlich waren. Jedenfalls stellte sie diese Äußerungen alsbald wieder ein und begnügte sich mit Nicken und Kopfschütteln. Ab und zu drückte sie meine Hand. Es war etwa drei Wochen nach dem Schlaganfall, dass sie das Essen verweigerte. Manchmal trank sie einen Schluck Wasser. Ich redete auf sie ein, meine Geschwister ebenfalls. Und Mutter lächelte. Ich wusste, was das hieß.

Jeden Nachmittag saß ich bei ihr. Erzählte von den Kindern. Fragte, ob sie das wirklich durchziehen wollte. Ob sie nicht noch ein wenig bei uns bleiben wollte. Und jedes Mal lächelte sie. Nach zwei Wochen konnte ich selbst nichts mehr essen. Jeder Bissen legte sich in der Kehle quer und wollte mich ersticken. Nach vier Wochen war sie so schmal, dass sie in dem breiten Bett wie ein Kind wirkte. Die Wangen eingefallen, die Hände faltig. Nur ihre Augen leuchteten. Und nach wie vor lächelte sie.

Nach sechs Wochen begann ich, vom Sterben zu reden. Ich, die ich nie darüber hatte nachdenken wollen. Ich brachte die alten Fotoalben und wir erinnerten uns zusammen. Sie drückte meine Hand und ich glaube, sie freute sich. „Achtzig Jahre sind eine lange Zeit, das Leben zu genießen. Du hast es richtig gemacht.“

Ihre Hand fühlte sich an wie der Flügel eines Vögelchens. Sie nahm einen Schluck Wasser von mir.

An einem Nachmittag nach acht Wochen versuchte sie, zu reden. Ich weiß nicht, ob ich sie richtig verstanden habe. Ich drückte mein Ohr fast an ihren Mund. Ihr Atem kitzelte meine Ohrmuschel. Ich hörte mit viel Mühe: „Ich bin froh." Ich musste weinen, weil sie so wenig wirkte. So, als sei ein Teil von ihr schon unterwegs in den Himmel. Oder eben dahin, wo man nach dem Tod hinkommt. Sie hat mir einmal gesagt: „Ich bin gespannt, wie es ist, wenn ich danach aufwache." Sie glaubte fest daran, dass danach etwas Neues beginnt. Schade, dass ich nicht genauer zugehört habe, als sie mit mir reden wollte.

Ja, Mutter hatte ihren Tod gut vorbereitet. Sie starb im August, exakt neun Monate nach Beginn der ersten Vorbereitungen. Ich fand es passend, dass ein Abschied genauso lange währte wie eine Schwangerschaft.

Sie starb exakt drei Monate, nachdem sie beschlossen hatte, das Essen einzustellen. So lange braucht also ein Körper, bis er verhungert. Und so lange brauchte ich, mich mit dem Tod auseinanderzusetzen. Ihr beim Sterben zuzusehen und ihren Willen zu achten. So lange brauchte ich, sie gehen zu lassen.

Sie hat ihr Lächeln nicht verloren. Es lag auf ihrem Gesicht am Tag, als sie leise entschwand aus dieser Welt. Ich hoffe, es gibt eine andere. Ich wünsche es ihr.

***Salina Petra Thomas*** *wurde 1968 geboren. Mit ihrem Mann, Sohn, der Katze und drei Schildkröten lebt sie in der Nähe von Bonn. Die Bankkauffrau liebt die Natur, besonders die Landschaft der Vulkaneifel, und das Schreiben.*

# Auf dem Pfad des Lebens

Ein Leben beginnt.
Ein Leben endet.

Die Lebenspforte eines jeden Lebewesens
ist gespickt von kleinen
und großen Hürden.
Hindernissen,
die es gilt zu bekämpfen
und zu überwinden.

Ein jeder Lebensweg
ist gepflastert von Verzweigungen,
Abkürzungen,
Umwegen
und dergleichen,
die uns das Leben erleichtern
oder erschweren.
Manche von diesen Abzweigungen
halten Überraschungen für uns bereit,
positive oder negative,
die unser Leben bereichern und uns
mit gewinnbringender Erfahrung segnen.
Andere wiederum
reiten uns einfach nur bis zu den Knien
oder gar bis zum Hals
in metertiefen Dreck.

Es kommt immer wieder mal vor,
dass wir auf Widerstände,

in Form von Krankheiten,
Meinungsverschiedenheiten
und anderen,
manchmal auch blutigen
Konflikten,
stoßen.

Manche von uns
halten sich länger damit auf,
manche kürzer,
und manche
bleiben für immer an ihren Problemen haften.

Unsere Wege sind verschieden.
Jeder hat seinen eigenen persönlichen Pfad,
den nur er zu gehen hat.

Manch Pfade sind länger,
manche kürzer,
aber eines haben alle Pfade gemeinsam.
Sie führen alle ans gleiche Ziel.

***Samson Cvetkovic*** *wurde 1985 in Wien geboren. Nach Abbruch seiner Ausbildung an der Handelsakademie ging er zum Bundesheer. Bisher wurden fünf seiner Gedichte und Kurzgeschichten veröffentlicht.*

# Was wohl wirklich wichtig ist

Ist es nun an der Zeit? Ist es nun an *meiner* Zeit? Ich weiß es nicht! Ich fühle mich matt, kraftlos. Aber nicht krank. Eigentlich geht es mir gut. Ich habe keine Schmerzen. Aber wie fühlt es sich denn auch an? Wer weiß das schon? Ich nicht, *ich* weiß es nicht, glaube ich.

Es war ein schöner Tag heute, eigentlich. Nachdem man mich gestern aus dem Krankenhaus entlassen hatte, ging es mir – eigentlich – sehr gut. Es ist schon etwas dran, wenn die Leute sagen: „Krankenhäuser machen krank." Und dennoch, obwohl es mir gut geht, weiß ich, dass meine Kraft nachlässt. Langsam, ich kann es regelrecht spüren. Ich richte mich in meinem Bett auf und schaue aus dem Fenster. Es steht offen, die Luft draußen ist eigentlich herrlich. Ich schließe meine Augen für einen Moment und atme tief ein. Es ist einer der ersten sonnig-warmen Frühlingstage, der sich dem Ende zuneigt. Als ich meine Augen wieder öffne, schaue ich direkt in die untergehende Sonne. Sie ist so wunderschön. Es herrscht eine ganz besondere, eigene Stille. Da ist nichts. Ich höre nichts, außer den Vögeln, die vergnügt zwitschern. Wahrscheinlich freuen auch sie sich über diesen wundervollen Tag.

Lange kann ich mich nicht so aufgerichtet in meinem Bett halten, es kostet mich sehr viel Kraft. Also lasse ich mich zurück in meine Kissen sinken. Justina, meine Pflegerin, steckt den Kopf zur Tür herein und erkundigt sich, ob ich etwas brauche, ob ich vielleicht friere und sie das Fenster schließen solle. Ich lächele sie an und danke ihr für ihre Fürsorglichkeit. Das Fenster möchte ich noch ein wenig offen haben, die langsam abkühlende Frühlingsluft tut mir sehr gut.

Ich bin müde. Ich drehe meinen Kopf so, dass ich die letzten warmen Sonnenstrahlen, die durch das Fenster ins Zimmer fallen, auf meinem Gesicht spüren kann. Ich habe Angst davor, einzuschlafen. In meinem Kopf herrscht Aufruhr. Meine Gedanken sind noch, oder vielmehr wieder, bei meiner Tochter Sophie. Sophie hat mich gestern aus dem Krankenhaus abgeholt. Sie lebt in einer anderen Stadt, fast achtzig Kilometer weit weg, und arbeitet viel. Trotzdem kommt sie fast jedes Wochenende zu mir und ruft mich unter der Woche öfters an. Gestern Morgen kam sie zu mir ins Krankenhaus. Sie hatte ein sehr langes Gespräch mit dem Arzt, der sich dort um mich gekümmert hat. Ich war bei diesem Gespräch nicht mit dabei, aber ich weiß, worüber sie gesprochen haben. Sophie wollte mich nach Hause holen. Und das hat sie schließlich auch durchgesetzt. Der Arzt hat wohl nach einiger Zeit nachgegeben. Warum auch nicht, er weiß schließlich selbst, dass man mir im Krankenhaus auch nicht mehr helfen kann.

Die Sonne muss nun untergegangen sein. Ich halte meine Augen geschlossen, aber ich spüre, wie die Wärme ihrer Strahlen langsam nachlässt. Morgen früh wird sie wieder aufgehen. So wie jeden Morgen. Dann wird sie hoffentlich wieder hell und warm hoch am Himmel stehen und sich gegen all die dunklen Wolken durchsetzen. Vielleicht wird sie wieder so wie heute ihre angenehm warmen Strahlen auf die Erde scheinen lassen. Vielleicht.

Als Justina noch einmal an die Türe klopft und das Zimmer betritt, hat sie ein Tablett dabei, auf dem sie mir ein Abendessen zubereitet hat. Sie stellt es auf den Tisch neben das Bett und geht zum Fenster. Einen Moment hält sie inne. „Schön, nicht wahr", sage ich mit leiser Stimme. Selbst das Sprechen fällt mir schwer. Es kostet Kraft!

„Ja", stimmt Justina mir zu. „Heute war ein sehr schöner Tag", fügt sie hinzu und schließt das Fenster. Sie kommt zu mir und hilft mir, mich im Bett aufzurichten, um besser essen zu können. Bevor sie schließlich geht, schüttelt sie meine Kissen noch einmal auf.

Als Justina das Zimmer verlassen hat, lehne ich mich zurück. Mein Abendbrot habe ich kaum angerührt. Von der Sonne ist nun kaum noch etwas zu sehen. Eine fast unangenehme Kälte macht sich breit. Im Zimmer und in mir. Wieder falle ich in Gedanken an Sophie. Ich sehe sie noch vor mir, als ich sie das erste Mal in den Armen hielt. Sie war so wunderschön. Als Sophie fast ein Jahr alt war, konnte sie bereits stehen. Unermüdlich übte sie an der Wand entlangzugehen, doch nach ein paar Schritten fiel sie immer wieder zu Boden. Niemals jedoch blieb sie dort einfach sitzen und gab auf! Oftmals lachte sie dann sogar und versuchte es einfach von vorn. Damals war ich mir schon sicher: Sophie würde eine Kämpferin werden. „Du wirst alles schaffen, wenn du es nur von Herzen willst", hatte ich ihr einst gesagt, und Sophie hat sich diese Worte sehr zu Herzen genommen.

Als sie in die Schule kam, konnte sie noch nicht richtig schwimmen. Die meisten der anderen Kinder in ihrer Klasse konnten es jedoch bereits, und Sophie schämte sich fürchterlich. Ich sehe sie noch vor mir, wie sie am Rand des Beckens stand und die Klasse zuschaute, wie sie von einem Fuß auf den anderen trat und sich einfach nicht zu einem Sprung nach vorn ins Wasser durchringen konnte. Sie schien in diesem Moment all ihren Mut verloren zu haben und wäre wahrscheinlich am liebsten einfach abgehauen. Doch sie tat es nicht. Für einen langen Moment hielt sie inne. Bewegungslos stand sie einfach nur da und starrte ins Wasser. Dann atmete sie tief durch und sprang mit einem gewaltigen Satz einfach nach vorn. Als sie später aus dem Becken stieg und mich sah, kam sie zu mir. Sie sagte nichts, lächelte nur.

Als Sophie 17 Jahre alt war, war sie das erste Mal verliebt. Sie schien wie auf Wolken zu schweben. Doch lange dauerte es nicht, und ihre Liebe zerbrach. Sophie war am Boden zerstört. Sie litt furchtbar, und ich litt mit ihr. Es war furchtbar für mich, meine geliebte Tochter so zu sehen und ihr nicht helfen zu können. Ich machte mir große Sorgen, doch Sophie war stärker als ich dachte. Es dauerte eine Weile, aber bald schon sah ich sie wieder lächeln.

Die Zeit ging schnell vorüber, und irgendwann musste ich mir eingestehen, dass aus meiner kleinen Tochter eine junge Frau geworden war. Eine selbstbewusste, starke junge Dame!

Heute hat Sophie selbst eine kleine Tochter. Lena. Die beiden leben in einer kleinen Wohnung, und Sophie arbeitet sehr viel. Aber dennoch sind die beiden wie eine eigene, kleine Familie. Ich bin sehr glücklich, wenn ich sehe, wie gut es den beiden geht. Manchmal sehe ich Sophie in Lena wieder. Und mich selbst in Sophie …

Ich erinnere mich noch sehr gut daran, als ich meiner damals besten Freundin offenbarte, dass ich ein Kind erwarte – unverhofft, ungeplant. Katrin rümpfte damals die Nase und meinte, ich würde mit einem Kind mein Schicksal besiegeln. „Mutter mit Abitur", hatte sie höhnisch gelacht. Einerseits hatte sie recht. Ich hatte ein erstklassiges Abitur abgelegt und träumte davon, zu studieren. Bevor ich eine Familie gründen und sesshaft werden wollte, wollte ich erst etwas von der Welt sehen und mein Leben in vollen Zügen genießen.

Wie dumm ich damals doch noch war. Hatte ich denn wirklich gedacht, es gäbe etwas Schöneres, als sein Kind das erste Mal in den Arm gelegt zu bekommen? Hatte ich wirklich geglaubt, es würde etwas Aufregenderes geben, als sein eigenes Kind heranwachsen zu sehen und dabei zu begleiten? Ich glaube, kein Studium der Welt ist so spannend und doch gleichzeitig so anspruchsvoll, wie die Aufgabe einer Mutter, die es sich zum Ziel gesetzt hat, aus ihrem Kind einen glücklichen, starken Menschen mit Rückgrat zu machen.

Ich hab vielleicht – nein, *bestimmt* – nicht immer alles richtig in meinem Leben gemacht. Doch das, worauf es wirklich ankam, das, was wirklich zählt, habe ich richtig gemacht.

Dieser Gedanke erfüllt mich mit Freude. Er gibt mir Kraft, und ich fühle mich plötzlich richtig stark. Meine Freude verwandelt sich in ein Gefühl von Wärme, und alles fühlt sich ganz leicht an. Es geht mir plötzlich richtig gut. So, als würde eine Last von mir abfallen, die mich daran gehindert hatte, aufzustehen. Die Wärme, die sich immer weiter in mir ausbreitet, wird fast spürbar wie die Sonne, die aufgeht. Es fühlt sich so unbeschreiblich gut an. Ich gehe der Wärme entgegen, auf ein Licht zu. Meine Füße scheinen mich mit Leichtigkeit zu tragen, meine Beine sind plötzlich stark. Ich schließe meine Augen, und trotzdem wird dieses warme Licht immer größer und heller. Ich glaube, ich möchte meine Augen nie wieder öffnen.

Ich glaube, nun ist es an der Zeit. An *meiner* Zeit. Aber es ist okay. Es ist richtig. Es fühlt sich gut an.

***Silke Tappen*** *wurde 1982 in Köln geboren, wo sie bis heute lebt. Die gelernte Erzieherin verbringt ihre Freizeit am liebsten ihrem kleinen Sohn, ihrem Mann und den gemeinsamen Tieren in der Natur. Dabei lässt sie sich zu ihren Geschichten für Groß und Klein inspirieren.*

# Wir haben doch alle Zeit der Welt!

Scheinwerfer im Rückspiegel. Sie blenden mich, aber sie kommen nicht näher. Wie auch? Mein Tacho zeigt 150 km/h, und die fahre ich nicht oft. Wie schnell kann was passieren. Innerhalb von Sekunden, einfach alles vorbei. Träume umsonst geträumt. Ziele unerreicht. Vorhaben und Wünsche zerplatzt wie eine Seifenblase.

Dann sind die Gedanken weg wie ein böser Traum. An ihre Stelle treten andere, vergangene …

Ein Tag zuvor:

Sophie hängt den Schlüssel ans Schlüsselbrett. Neben den von Marc. Wie jeden Tag. Sophie lächelt: „Wo bist du, Schnuffel?"

„Im Bad. Du kommst spät." Marc kommt aus dem Bad, das Gesicht voller Rasierschaum.

„Ich weiß, ging nicht anders. Wann ist das Treffen noch mal genau?"

„In einer Stunde." Marc drückt ihr einen schaumigen Kuss auf den Mund und lacht über ihr angeekeltes Gesicht. Anschließend verschwindet er wieder im Bad. „Beeil dich", ruft er ihr noch zu. Seine Frau verdreht die Augen. „Mach ich. Ich freu mich ja schließlich schon seit Wochen auf das Treffen mit deinen Eltern." Marc wirft ihr einen entrüsteten Blick zu, doch seine Augen funkeln amüsiert: „Das will ich doch schwer hoffen!" Dann verschwindet er wieder lachend. „Es wird schon nicht so lange dauern. Wir halten es kurz, versprochen."

Sophie dankt ihm stumm und verschwindet im Schlafzimmer. Der langweilige Bürozweiteiler ist schnell ausgezogen. Jetzt entweder das kurze Schwarze oder doch lieber die züchtige Schwiegertochter? Dann ist da auch noch das hautenge weinrote Kleid. Aus Seide, mit dem verspielten Ausschnitt.

Sie entscheidet sich für einen schlichten Hosenanzug. Edel in Creme mit Nadelstreifen. Nach kurzem Duschen streift sie ihn sich über. Das Make-up aufgefrischt, den Lidstrich erneuert, die Haare gestylt. Nicht mal 15 Minuten später steht sie, sich verführerisch rekelnd, im Türrahmen des Badezimmers. „Na, nimmst du mich so mit?“, säuselt sie. Marc, der sich gerade die Schuhe anzieht, schaut zu ihr auf. Verwunderung huscht über sein Gesicht. „Ich dachte, du ziehst dein Kleid an. Du weißt schon, das weinrote.“ Beleidigt gibt Sophie ihre Haltung auf. „Nicht ganz die Antwort, die ich erwartet hatte.“ Marc sieht sie entschuldigend an: „Tut mir leid. Ich hatte mich einfach darauf gefreut, dich in dem Kleid zu sehen.“

„Aber doch nicht heute“, entgegnet seine Frau. „Das Kleid ist was ganz Besonderes. Ich möchte es mit einzigartigen Erlebnissen verbinden. Silvester in Paris oder …“

„… und kein Essen mit meinen Eltern. Ich verstehe schon“, beendet Marc den Satz.

„Schnuffel, so habe ich das doch gar nicht gemeint. Heute ist einfach nicht der richtige Zeitpunkt.“ Marc nickt niedergeschlagen, dennoch lächelt er. „Du siehst auch so hinreißend aus.“ Er zieht seine Frau an sich, und sie flüstert ihm leise ins Ohr: „Du wirst mich noch ganz oft in dem Kleid sehen. Wir haben doch alle Zeit der Welt.“ Dann küsst sie ihn zärtlich …

Die Autobahn wird dunkler. Nur noch wenige Autos sind unterwegs. So komme ich wenigstens schnell voran. Wohin? Ich weiß nicht. Ich will nur weg und ärgere mich über mich selbst. Ich will jetzt nicht an den zärtlichen Mann denken, an seine Küsse und seine verständnisvollen Augen. Ich umklammere das Lenkrad, als wollte ich es zerbrechen. Ich will an den Marc von heute Abend denken. Der immer seinen Kopf durchsetzen möchte. Krampfhaft kneife ich die Augen zusammen …

Vor zwei Stunden:

Sophie steckt das letzte Stück Fisch in den Mund. Marc ist schon länger fertig. Sein Weinglas ist ebenfalls leer. „Möchtest du noch Wein?“, fragt sie lächelnd.

„Nein danke, Schatz“, entgegnet Marc. Sein Blick wirkt seltsam ruhelos. Sophie leert ihr Glas und lehnt sich genüsslich nach hinten. „Und was machen wir jetzt?", säuselt sie. Marc springt förmlich von seinem Stuhl und ergreift das Geschirr. „Ich muss noch an den Rechner, arbeiten."

„Aber es ist doch Sonntag", entgegnet sie gelassen. „Ich dachte, wir hätten den ganzen Abend für uns. Nur wir zwei." Marc nimmt ihr kommentarlos das Glas aus der Hand und trägt es zur Spüle. „Du weißt doch, dass ich viel zu tun habe", sagt er knapp und räumt die Teller in die Spülmaschine.

„In Ordnung. Du gehst heute an deinen Rechner und dafür haben wir das nächste Wochenende nur für uns", schlägt Sophie hoffnungsvoll vor. „Ich habs, wir fahren einfach weg. Ohne Handy, ohne Laptop." Marc wirft ihr, statt in Begeisterungsstürme auszubrechen, einen genervten Blick zu. „Das geht nicht, Schatz. Und das weißt du. Ich habe nicht die Zeit für solche Spielereien." Die Gläser hat er zwischenzeitlich von Hand gespült.

„Dann nimm sie dir doch einfach", wirft ihm seine Frau entgeistert entgegen.

„Ich bin neu in der Kanzlei und muss mich erst mal beweisen. Das weißt du doch alles. Wir hatten die Diskussion schon so oft."

„Und was ist mit mir?", fragt Sophie verärgert. „Ist es völlig egal, was ich will?"

Marc schmeißt entnervt das Geschirrtuch zu Boden. „Jetzt mach aber mal einen Punkt. Wir wussten, was auf uns zukommt und haben dem zugestimmt. Auch du. Später haben wir noch alle Zeit der Welt." Seine Stimme ist nun nicht mehr ruhig. Aufgebracht stapft er durch die Küche, zielstrebig in sein Arbeitszimmer. Sophie schreit ihm hinterher: „Nur dieses eine Wochenende. Die Kanzlei wird es schon verkraften, wenn ihr Nachwuchsstaranwalt mal Pause macht."

„Schluss jetzt. Wir werden nicht fahren. Nicht dieses Wochenende und auch nicht das nächste."

„Und wenn wir das Kleid mitnehmen, und ich meine: nur das Kleid und sonst nichts?" Sophies Augen funkeln.

„Dann nimm dir halt dein verdammtes Kleid und fahr. Am besten gleich jetzt! Sofort! Dann kann ich hier endlich in Ruhe arbeiten", hallt es aus dem Arbeitszimmer.

Sophie spürt die Wut in sich aufsteigen. Unbändige, heiße Wut. Sie springt aus dem Stuhl auf und schnappt sich ihre Schlüssel. Tränen der Wut sammeln sich in ihren Augen und mit aller Kraft versucht sie, diese zurückzuhalten. Sie will nicht weinen. Nicht hier. Laut krachend wirft sie die Wohnungstür hinter sich ins Schloss.

So ein Sturkopf. Ich könnte ihn … Aber ich bin zu müde zum Streiten.

Es gibt Dinge, die man einfach nicht ändern kann. Dafür liebe ich ihn ja schließlich auch. Das macht ihn aus. Seine Zielstrebigkeit, sein Ehrgeiz und seine bedingungslose Hingabe. Wir werden darüber reden, werden uns wieder vertragen und irgendwann erneut deswegen streiten. Ich lächle. Irgendwann werden wir auch dieses Problem lösen. Später. Gemeinsam. Wir haben doch schließlich alle Zeit der Welt …

Es wird Zeit, nach Hause zu fahren. Ich beschleunige. Das eine Auto will ich noch überholen. Dahinter kommt auch schon die nächste Ausfahrt. Der Wagen ist jetzt fast neben mir. Plötzlich ertönt eine ohrenbetäubende Explosion. Das Auto vor mir fängt an zu schlingern und wechselt unkontrolliert die Spur. Er rast ungebremst in die Leitplanke. Direkt vor mir.

Bremsen, ich muss bremsen! Ich habe nur Bruchteile einer Sekunde. Die Bremse ist komplett durchgedrückt. Dennoch rase ich auf ihn zu. Ich zerre an meinem Lenkrad, vielleicht komme ich noch an ihm vorbei. Ich reiße die Arme vors Gesicht, als könne mich das schützen.

Ich habe ihn erreicht. Wir knallen mit einer unbändigen Wucht aufeinander. Ich höre Schreie. Es sind meine eigenen. Dann wird es dunkel, unfassbar dunkel.

Es gibt nur noch eine einzige Erkenntnis. Sie erfüllt meinen gesamten Geist: Wir haben uns getäuscht. Wir beide. Jetzt weiß ich es und ich möchte es herausschreien. Die ganze Welt soll es hören, sie muss es einfach hören. Vor allem Marc: Wir haben nicht alle Zeit der Welt! Wir haben nur das Jetzt!

***Silvia Grötsch*** *ist 31 Jahre alt und wohnt mit Mann und Hund in Hofheim am Taunus. Die Erzieherin liebt das Schreiben und ist dabei, eine Schreibwerkstatt zu gründen. Ihr Buch „Die Magier von Lawayar" erscheint in Papierfresserchens MTM-Verlag.*

# Der Sekundenzeiger

Ich schwimme mitten zwischen vielen Menschen.
Das Plätschern des Wassers, lautes Schnaufen und
Hausfrauentratsch erfüllen die Halle.
Doch ich höre nichts von dem, nur meinen eigenen Atem
und das Ticken des Sekundenzeigers, welchen ich fest
im Auge habe.
Ich muss es schaffen, ich schwimme, so schnell ich kann.
Ein Wettkampf gegen die Zeit, um mein Ziel zu erreichen.
Geschafft. Ich steige aus dem Wasser und mein Körper pulsiert,
es fühlt sich an, als würde er jeden Augenblick zerspringen.
Unter der Dusche fange ich an zu taumeln, es wird
schwarz um mich herum.
Todesangst. Ich habe Todesangst.
Nicht, weil ich demnächst sterben muss,
sondern weil du sterben wirst, vielleicht.
Hast du Todesangst?
Wie ist es, dem Tod so nahe zu sein,
ihm Angesicht zu Angesicht gegenüberzustehen?
Macht es dir Angst?
Wie ist es mit deinen Zielen, bedauerst du es,
dass du sie vielleicht nicht mehr erreichen kannst?
Wenn ich könnte, dann würde ich mit dir tauschen.
Mich an deiner Stelle dem Tod gegenüberstellen.
Dann müsste keiner um dich trauern und ich müsste
keinen trösten,
müsste nicht weinen, sondern wäre fröhlich.
Fröhlich, weil es dir gut geht und mir auch. Weil du leben darfst.
Und alle anderen würden sich freuen, da du den Tod
überlistet hättest.

Würdest du das auch für mich tun, sterben?
Schweig, sage nichts. Es ist unmöglich, zumindest jetzt.
Doch was würdest du tun, wenn ich wider Erwarten,
an deiner statt,
aus dem Leben treten würde?
Würdest du um mich weinen?
Ich würde es tun, aber nicht um mich, sondern um dich,
denn du würdest mir fehlen.
Man kann nicht ewig traurig sein, egal was geschehen wird,
das Leben dreht sich weiter.
Mal dreht es sich rasend schnell, dann wieder gemächlich.
Aber es steht niemals still.
Jede Woche, jeder Tag, ja fast jede Stunde
hält Abenteuer und Überraschungen bereit, die dir das
Leben versüßen
und es wieder lebenswert machen. Du öffnest die Augen
und findest dich selbst wieder.
Also halt dich fest und ab, tauche ein, beginne zu schwimmen
in der Suppe des Lebens,
die noch viele Wunder für dich und mich bereithält.
Schwimme für dein Leben und wer weiß,
vielleicht schwimmen wir ja gemeinsam ins Ziel!

***Simona Haßelbach*** *wurde 1987 in einem kleinen Dorf im Allgäu geboren. Die Erzieherin lebt zusammen mit ihrem Mann in Ludwigshafen. Lesen und Schreiben sowie das Treffen mit Freunden und alle möglichen kreativen Aktivitäten gehören zu ihren Hobbys.*

# Das Leben der Lusia Iwanczyk

Ich stelle mir vor, welches Theaterstück hinter den lichterfüllten Fenstern der unbekannten Häuser gegeben wird. Ein Streit, ein Liebesspiel, eine Gutenachtgeschichte? Leute betreten die leere Wohnung. Richten ein, schütteln Betten am Morgen auf, löschen das Licht am Abend. Das Büro wird zum Kinderzimmer. Der frisch gebackene Papa legt vorsichtig seine Tochter in das Bettchen mit den Sternenvorhängen. Tränen bei der Verabschiedung am ersten Kindergartentag, die auch Mama beinahe das Herz zerreißen. Eine Schultüte, schwarze Fingernägel und neumodische Jeans. Als der erste Freund zu Besuch kommt, verlässt Papa demonstrativ die Wohnung. Räumung des Kinderzimmers. Das Heimweh hinterlässt Spuren, sowohl bei der Tochter als auch bei Mama, die ihr Kleinkind loslassen muss. Aus dem Zimmer wird wieder ein Büro, das doch mehr als Bügelraum oder als Gästezimmer Verwendung findet, wenn der Enkel mal zu Besuch kommt. Die Rücken werden buckliger, die Treppen immer mehr zu nicht erklimmbaren Bergen. Der Tag, an dem Papas Todesanzeige in der Zeitung erscheint. Danach: Unendliches Warten für Mama, bis sie es auch endlich trifft, damit sie endlich wieder bei Papa sein kann.

Das Leben ist nicht planbar, trotzdem kennt jeder sein Ende. Sie war definitiv am Ende angelangt, saß nicht zum ersten Mal in ihrem Sessel. Bereit. Die Küche blitzte und der Teppichboden war krümelfrei. Der Tod konnte jetzt also kommen, bitte! Sie schloss eine kurze Zeit konzentriert die Augen. Vielleicht würde sie dann endlich der Schlag treffen. Für Frau Iwanczyk gab es keine Weiterentwicklung mehr. Ihr Leben stagnierte seit dem Tod ihres geliebten Mannes. Acht Jahre lang lösten sich seit diesem traurigen August die Zettel vom Kalender, die Monate in roter Schrift in der Kopfzeile, schwebten pendelnd wie eine Feder zu Boden und blieben still auf dem Küchenboden liegen. Alles begleitet von klassischer Musik in Moll. „Der Opa würde jetzt schimpfen, wenn er mich hier so sitzen sehen würde!", sagte Frau Iwanczyk. Die Monotonie der letzten Lebensjahre war eine Gefangenschaft, ein Staffellauf zwischen Arztbesuchen und unendlicher Einsamkeit. Daraus konnte man sich als junger Mensch noch befreien, weil man nicht ständig Angst haben musste, auf dem kurzen Weg zwischen Supermarkt und Wohnung plötzlich dringend auf die Toilette zu müssen, um dann dort angekommen nicht pinkeln zu können. Weil man sich noch wehren konnte, wenn die Russen von nebenan sich einen Parkplatz mit dem Bauhütchen frei hielten. Weil man noch ernst genommen wurde, wenn man sagte, man bräuchte kein verdammtes Hörgerät! Kein verdammtes Hörgerät!

Da war einfach zu viel … Zeit. Und mit der kann man als alte Frau nichts anfangen! Sie überstieg die Sauerstoffkonzentration der Luft, drang beim Einatmen unbemerkt in den Körper, versuchte, die alten Zellen erfolglos zu Veränderungen zu animieren. Still und unheimlich wie Gas, wie leise Sohlen auf Teppichboden, wie das Geräusch der Wanduhr im Wohnzimmer, das einem nur beim bewussten Konzentrieren auf ebenjenes Geräusch auffiel. Tick tack tick tack … tick tack ... tick … tack. „Das Alter ist ein zu langer Aufenthalt im Wartezimmer", hatte Frau Iwanczyk zu ihrem Enkel gesagt, „und der Doktor ist der Tod!" Daraufhin verbot die Tochter ihr mit einem schockierten „Mama!" den Mund. Wieso dürfe sie nicht sagen, was sie denke? So sei es eben im Leben. Herrgott, und warum sollte sie jetzt nichts sagen? Sie wollte eben jetzt vom Alter reden! Neben den Kommentaren über die Vergänglichkeit des Menschen, die den Enkel eher verunsicherten, schätzte dieser aber die Geschichten über das Leben seiner Großmutter. „Der Opa war mal in der Hitlerjugend. Aber nachdem sie ihm die schönen Knöpfe von der Jacke abgerissen hatten, danach ist er da nicht mehr hin. Das war ja auch ein Laden!"

Diese Art rührte weniger daher, dass man im Alter seltsam wurde – Frau Iwanczyk empfahl jedem, der diesen ärgerlichen Satz aussprach, zu warten, bis er an der Reihe wäre –, als von der Tatsache, dass sie mit Herrn Iwanczyk den letzten aus ihrem Umfeld verloren hatte, der diese vergangenen Erlebnisse teilte, der ihre Existenz legitimiert hatte. „Der Opa würde jetzt schimpfen!“, wiederholte sie in die Stille hinein. Manchmal war sie sich überhaupt nicht mehr sicher, ob dieses oder jenes tatsächlich stattgefunden hatte oder ob ihr altes Hirn ihr mit Ausschnitten der gestrigen Fernsehdokumentation einen Streich spielte. Ohne ihren Mann war Frau Iwanczyk ein Begriff, von dem man sich nicht mehr sicher sein konnte, ob er einen Bezug zur Realität besaß.

Die Menschen, die wollen aber eigentlich gar nichts mit der Realität am Hut haben! Wenn es ihnen passt, ja dann loben sie das Echte in allen Tönen und erwarten es mit offenen Armen. Aber wenn die Wirklichkeit für sie Unannehmlichkeiten bedeutet, dann, ja dann gehen sie grußlos vorbei. Früher war das noch anders! Im Krieg war das anders! Da hatte man nichts und war für alles dankbar! Die Leute von heute sind im Sehnen besser als im tatsächlichen Glücklichsein. Frau Iwanczyk jedoch sehnte sich nicht. Sie habe den Biss verloren. Wie der Opa jetzt schimpfen würde! Der Mensch wird von seinen Zielen angetrieben. Ziele, die er unbedingt erreichen will. Welche blieben ihr noch? Alles war vergangen, die Fakten, die Träume und die Möglichkeiten. Kleine Partikel in der Luft, auf ihrem vorherigen Platz unauffindbar, keine Spur einer Existenz hinterlassend, sodass ein Fremder leugnen könnte, dass sie tatsächlich einmal waren. Was blieben ihr noch für Ziele? „Keine!“, sagte Frau Iwanczyk in die Stille, „und das ist das Problem!“ Man kann sich nur nach etwas sehnen, wenn man Spielraum, Platz nach hinten hat, in dem sich die Sehnsucht ausbreiten kann. Dieses besondere Gefühl des Wünschens, dieses Betteln, dass die Zeit schneller vergehen möge. Die unruhigen Nächte, bis die Sucht nach diesem oder jenen gestillt wurde und in kürzester Zeit wieder aufbrannte. Wenn es kein Objekt mehr gibt, das unter die Intention der Sehnsucht fallen kann, dann kann sie nur noch identisch mit sich selbst sein. Die Sehnsucht nach Sehnsucht. Wieder einen Grund, einen Anhaltspunkt haben. Denn alles, wonach Frau Iwanczyk sich je gesehnt hatte, war definitiv und unwiderruflich vergangen.

In dieser Stille lag sie im Bett, wie der Garten der Hochhauslandschaft in dunklem Schwarz. Nach und nach lichtete sich die Decke der Nacht an verschiedenen Stellen. Morgenröte drang unter dem Rand des Horizonts ein wie der Blick eines neugierigen Kindes durch das Schlüsselloch an Weihnachten. Gemütlich zog das Rot über den Himmel und beleuchtete die rauen Stämme der Bäume seitlich mit Leben. Das Vogelgezwitscher setzte ein, nach einigen Takten der Tuttischwarm der Autos. Trotz des ansteigenden Geräuschpegels kann man mit Blick auf Frau Iwanczyks Wohnung das Ticken der Wanduhr hören: Tick tack tick tack … tick tack ... tick … tack.

Die Zeit – sie war vergangen.

Ich hätte gerne gewusst, um was es im Leben wirklich geht. Das ganze Leben ist eine Ich-Erzählung, aber ich weiß trotzdem nichts. Ich habe nichts gesehen, ich habe nichts gelesen außer Worte, nichts verstanden außer Zitate der großen Dichter, die nicht meiner Zeit entsprechen.

*__Stefanie Schweizer__ wurde 1990 in Heilbronn geboren. Die Karlsruherin absolviert derzeit ihr Bachelor-Studium in Germanistik und Philosophie. Ihre erste Geschichte veröffentlichte sie in der Anthologie „Schreiben im Café“ der Edition Bad Wimpfen.*

# Mann und Hund

Es war einmal ein alter Mann, der lebte allein und abgeschieden im Wald. Ein Krieg hatte dem Mann bereits in jungen Jahren seine gesamten Angehörigen genommen. Durch eine grausame Krankheit hatte er vor wenigen Jahren seinen einzigen Sohn und seine geliebte Frau verloren. Nachdem er niemanden mehr hatte, hatte er sich einsam und verlassen in den tiefsten Wald zurückgezogen. Dort hatte er sich eine einfache Hütte gebaut. Fortan mied er die Menschen. Der Mann verbrachte ein Einsiedlerleben. Er war genügsam. Seine Ansprüche waren gering. Sein Leben war einfach. Wenn er durstig war, trank er das klare Wasser aus dem Waldbach. Bei seinen täglichen Wanderungen durch den Wald sammelte er Beeren und Pilze. Nur bei größtem und unerträglichem Hunger ging er im Wald jagen. Nie war er einem Menschen begegnet, und seine kleine Hütte lag so versteckt, dass kein Mensch den Weg dorthin fand. Die einzigen Freunde waren die Tiere des Waldes. Oft half er verletzten Tieren und sorgte dafür, dass sie im kältesten Winter nicht verhungerten. Er hatte seine Lebensaufgabe gefunden und war zufrieden.

Eines Tages fand er bei seinen Streifzügen durch den Wald einen jungen, herrenlosen Hund. Er lag abgemagert und verletzt am Wegesrand. Er schien viel Schlimmes erlebt und durchgemacht zu haben, genau wie der Mann. Dieser empfand großes Mitleid mit dem Tier und trug den Hund zu sich nach Hause. Er kümmerte sich um das kranke Wesen. Er wusch die Wunden aus, legte heilende Kräuter auf und verband die Verletzungen. Zu trinken und zu essen gab er ihm. Der Mann blieb an der Seite des Hundes, bis die Wunden verheilt waren und er wieder gesund war. Als der Hund wieder bei Kräften war, teilte der Mann weiterhin seine Vorräte und alles andere mit ihm. Sein Haus, sein Lager, sein Essen, sein Wasser.

Der Hund war in kürzester Zeit zum einzigen und ganz besonderen Freund des alten Mannes geworden. Und der blieb bei dem Mann, auch nachdem er genesen war. Der Hund spürte, wie gern ihn sein Retter hatte und wie einsam er war. So blieb der Hund an der Seite des Mannes zu jeder Zeit, bei allem, was er tat. Er war nicht nur zum Freund geworden, sondern auch zum Zuhörer und Beschützer. Der alte Mann und der Hund gehörten seit dieser Zeit zusammen. Denn der Mann war ebenso zum besten und einzigen Freund des Hundes geworden. Er fühlte sich nicht mehr einsam mit seinem neuen Weggefährten. Die beiden verbrachten viele gemeinsame, glückliche Jahre miteinander. Die Jahreszeiten kamen und gingen. Der Frühling wurde zum strahlenden Sommer. Der Sommer ging über in den goldenen Herbst. Dem Herbst folgte der kalte Winter. Der Winter endete und es erblühte der Frühling. Der Mann und der Hund wurden gemeinsam älter und älter. Sie verbrachten gute und schlechte Zeiten miteinander. Sie beobachteten, wie immer mehr grau ins Haar hinzukam und wie das Haar immer lichter wurde. Und mit dem Alter erlebten und überstanden sie gemeinsam Krankheiten und Leid. Immer waren sie füreinander da und halfen einander, jeder auf seine Weise.

Eines Tages erwachte der Hund in der Hütte, doch der Mann lag unbeweglich und steif in seinem Bett. Eine Hand lag schlaff auf der Bettdecke, die andere Hand des Mannes ruhte auf dem warmen Körper des Hundes. Der letzte Atemzug des Mannes war getan. Er schien friedlich zu schlafen, doch sein Herz schlug nicht mehr. Er war tot.

Das wusste der Hund jedoch nicht, denn er war dem Tod nie zuvor begegnet. So blieb der Hund an der Seite des alten Mannes und wachte über ihn. Der Hund hatte großen Hunger und noch größeren Durst, doch er wollte zur Stelle sein, wenn sein Freund erwachte. Und so lag der Hund ganz dicht an der Seite seines Freundes, um ihn zu wärmen, bis er erwachen würde. Je kühler der Körper des Mannes wurde, um so dichter rückte der Hund an die Seite des Mannes. Kein Hunger, kein Durst brachte ihn dazu, seinen Freund zu verlassen. Die Minuten wurden zu Stunden. Aus den Stunden wurden Tage. So kamen und gingen viele Tage und noch mehr Nächte, in denen der Hund stets an der Seite des verstorbenen Mannes blieb. Die Zeit verging. Aus Tagen wurden Wochen.

Die Wochen wurden zu Monaten. Monat um Monat verging, bis daraus schließlich viele Jahre wurden. Die Jahreszeiten gingen ineinander über. Der duftende, blühende Frühling, der heiße Sommer, der kühle, regnerische Herbst und der kalte Winter, der Schnee und Eis brachte. Jahr um Jahr ging ins Land. ...

Nach mehreren Jahrzehnten fanden Wanderer zufällig den Weg zu dem Haus, der längst wild überwuchert war. Nach dieser langen Zeit sah das Haus nicht nur alt und baufällig aus, sondern glich viel mehr einer Ruine. Die Fenster, die noch vorhanden und als Fenster zu erkennen waren, waren längst blind vom Staub der vergangenen Jahre. Der Zahn der Zeit hatte viel zum Verfall der Hütte beigetragen. So hingen die restlichen Fensterläden lose in den Angeln. Die Farbe war längst von den Wänden abgeblättert. Umgeben war das Gemäuer von einem verwilderten Garten. Das Gras war nicht nur längst verdorrt, sondern die Natur hatte eine andere, neue Vielfalt hervorgebracht. Überall lagen Laub und trockenes Geäst. Und doch trieb die Wanderer ihre Neugierde zum Eingang der Hausruine. Sie öffneten unter einigen Mühen und nur mit der größten Kraftanstrengung die Tür zum Haus und traten schließlich vorsichtig ein und sahen sich um.

Doch wie wunderten sie sich, als sie die Skelette des toten Mannes und des toten Hundes erblickten! Der erste Schreck wich jedoch schnell einer besonderen Faszination, die der ungewöhnliche Anblick mit sich brachte. Die Hand des Mannes ruhte nach der ganzen Zeit immer noch auf dem Hund. Der Hund hatte selbst in seinen eigenen letzten Todesstunden den Mann nicht verlassen, sondern hoffnungsvoll und schützend zugleich seine Schnauze auf die Brust des Mannes gelegt, bis auch er den Tod fand. Und so sahen die Wanderer Mann und Hund nach vielen, vielen Jahren immer noch dicht beieinander. Über den Tod hinaus beisammen. Skelett an Skelett, Knochen auf Knochen. Doch als ein Versuch unternommen wurde, die beiden vorsichtig durch Menschenhand voneinander zu trennen, zerfielen sie schließlich zu Staub. So blieben Mann und Hund auf ewig, auch über den Tod hinaus, vereint. In aufrichtiger und treuer Freundschaft verbunden – für alle Zeit.

***Susann Scherschel-Peters*** *wurde 1975 im thüringischen Mühlhausen geboren. Zusammen mit Mann und Hund lebt sie in Frankfurt am Main. Sie ist Diplom-Pädagogin und Trauerbegleiterin.*

# Meine Seele

Meine Seele,
sie hat ihre zweite Seele verloren.
Ihr zweites Ich!
Wo bist du?
Wohin bist du entschwunden?
Mein Herz ist voller Wunden!
Hat der Himmel dich aufgenommen?
Ich sehe im Geiste dein geliebtes Gesicht
nur noch ganz verschwommen.
Du entgleitest meinen Händen,
deine Gestalt verschwindet im Nichts.
Dort, wo die Toten leben, in der Weite
des Universums, dort im Licht!
Ist deine Seele dorthin geflogen?
Denn Dein Leib liegt da im tiefen Grab,
Deine Knochen sind geworden zu Staub,
mein zweites Ich, wo bist du?
Ich rufe dich! Diether!
Bekomme keine Antwort.
Kann man auch im Jenseits vergessen?
Oder nur auf Erden?
Nur ich habe dich nicht vergessen!
Meine zweite Seele, mein zweites Ich, da oben im Licht!

***Marie-Claire de Bergér*** *wurde 1942 bei Aachen geboren. Die frühere Arzthelferin ist verheiratet, hat einen Sohn und ein Enkelkind. Lange war sie begeisterte Bergwanderin. Erst als Seniorin fand sie die Zeit zum Schreiben von Gedichten und Geschichten sowie ihrem ersten Roman „Unerfüllte Träume einer jungen Liebe“.*

# Was bleibt?

Immer mehr. Immer voran. Immer weiter. Die Straße des Lebens führte sie beide stets bergauf, dem Gipfel entgegen. Vereint in ihrem Optimismus, dass Neues darauf wartete, von ihnen entdeckt zu werden. Haben sie es versäumt, anzukommen?

„So ein langes Leben mit Hans“, denkt Jutta. „Und jetzt?“ Sie sitzt in der Küche, um für sich zu sein. Weg von den Trauergästen. Allein, so wie sie es zukünftig oft sein wird. Allein. Sie reißt ein Stück Küchenrolle ab, die Packungen mit Papiertaschentüchern sind aufgebraucht. Jutta schämt sich. „Ich weine wie ein altes Weib, kann gar nicht aufhören.“ So viele Tränen fließen aus ihr heraus, in dieser Woche des Abschiednehmens.

„Ach hier bist du, Mutter“, sagt Carola, als sie in die Küche kommt. „Komm doch zu uns, es ist nicht gut für dich, so allein zu sein.“

„Ich werde mich daran gewöhnen müssen, Kind.“

„Kind! Mutter, ich bin fünfzig. Wir werden für dich da sein.“

Jutta erwidert nichts, sondern lässt sich von ihrer Tochter in den Arm nehmen. Wie leicht es mitunter fällt, die Rollen zu tauschen, denkt sie. Oft hatte sie ihre Tochter in ihren Armen gewiegt und sie über körperlichen und seelischen Schmerz hinweggetröstet. Es tut ihr gut, es nun für sich anzunehmen. Sie weiß, dass sich ihre Kinder nicht um sie kümmern werden. Carola und Frank führen eigene Leben, an anderen Orten mit eigenen Verpflichtungen. Es wird nur eine kleine Nische geben für gelegentliche Besuche. Aber es ist lieb von ihrer Tochter, es zu sagen, und so strahlt Jutta sie an und streichelt ihre Wange. Jetzt stimmen die Rollen wieder, sie reißt ein weiteres Stück Papier ab und reicht es Carola.

„Zehn Jahre“, erinnert sich Jutta. Sie vergisst ab und zu einiges, aber Hans' Todestag nicht. Zehn Jahre ist das jetzt her! Die zweite

Woche im Pflegeheim. Ihr Blick wandert durch das Zimmer. Ganz nett. Zu Hause ging es nicht mehr, und so reihte sich auch das gemeinsame Haus in der Liste der Erinnerungen ein. „Hans, immer mehr war unser Motto, und jetzt? Immer weniger?“ Der Blick aus dem Fenster: November, und es regnet. Auch dort draußen, immer weniger. Die Natur bereitet sich auf den kleinen Tod vor. „Hans, seit du gegangen bist, komme ich aus dem Abschied nehmen nicht mehr heraus.“ Erst waren es die Freunde, die Kinder, die nur noch an Feiertagen kamen, und dann die Erlebnisse. Drei, vier Jahre hatte sie noch Spaß an Reisen und war mit Busgesellschaften unterwegs. Und dann? Von einem Moment auf den anderen war ihr es verleidet. Ein moderner Fernseher, dessen Bedienung sie nicht versteht, der Discounter um die Ecke, ihre Ärzte und das Grab. Sie schüttelt den Kopf. Früher war ihnen die Welt zu eng und nun haben ein paar Jahre gereicht, um sie zu einer alten Frau werden zu lassen. Die sozialen Kontakte beschränken sich im Wesentlichen auf stetig wechselnde Pflegekräfte.

„Mutter, Du bist doch gut versorgt, oder?“, fragt Carola immer, wenn sie mal vorbeischaut oder bei Telefonaten.

„Aber natürlich, mein Kind“, erwidert Jutta, um ihre Tochter zu beruhigen. Dies ist schließlich der Zweck der Übung. Sie ist eine alte Frau, aber nicht blöd. Ab und zu rief sie auch Frank an, um ihn zu fragen, ob er noch lebe. „Ach Mutter“, sagt er dann immer, um sich dann bei ihr zu entschuldigen, ihr ein wenig aus seinem Leben zu erzählen und sie ebenfalls zu fragen: „Du bist doch gut versorgt, oder?“ Irgendwann hat sie ihn dann nicht mehr angerufen. An ihrem Geburtstag und zu Weihnachten meldet er sich. Meistens.

Das ist alles nicht so schlimm. Ohne Hans macht ihr vieles sowieso keinen Spaß. Aber ihr körperlicher Verfall macht ihr zu schaffen. Begonnen hatte es mit dem Sturz im Winter vor acht Jahren. Zunächst ein Stock und seit vier Jahren ist der Rollator ihr ständiger Begleiter. Die Beweglichkeit ist eingeschränkt, doch die Hilfsmittel erleichtern es ein wenig. Dann verschlechterte sich ihr Gehör, und als letzte Errungenschaft trübten sich ihre Augen ein, wogegen auch die angepriesene Operation wenig ausrichten konnte. Mit Hans hatte sie sich über die Klagen anderer Altersgenossen lustig gemacht. Jetzt kommt sie sich wie ein Treppenwitz vor. Vielleicht steht ihr ja noch eine Karriere als Altersmodell ins Haus, denkt sie amüsiert. „Nun sehen sie Jutta Hansen auf dem Laufsteg. Beachten sie den ultraleichten Rollator in taubenblau mit hervorragenden Laufeigenschaften, die modernen Hörgeräte der Firma Chamäleon in altersgrau nahezu unsichtbar integriert in die Sehhilfe zu null Euro Zuzahlung!" Jutta muss kichern. Zum Glück sieht mich keiner, denkt sie. Sonst glauben die, dass ich zu allem Überfluss auch noch verwirrt bin.

„Aber das bin ich nicht", sagt sie laut. Ihr wacher Geist erfüllt sie mit Stolz, aber ihre Vergesslichkeit ängstigt sie. Es sind die Kleinigkeiten, das eben Gesagte, die täglichen Begebenheiten. Aus diesem Grund ist sie in das Pflegeheim gekommen. Sie hatte ein paarmal das Essen auf dem Herd vergessen und solche Dinge. Als beim letzten Mal die Feuerwehr anrücken musste, hat sie sich von Carola überzeugen lassen, dass es an der Zeit wäre. Doch wie wird es weitergehen? Es ist ganz nett hier, aber was bleibt denn noch?

Jutta hat die ganze Nacht wach gelegen. Sie ist weder müde noch erschöpft. Im Gegenteil. Ja, trotz ab und zu angebrannter Kartoffeln ist sie geistig noch voll da. Es ist doch offensichtlich, wenn sie darüber nachdenkt. Hans hat sich nicht verabschiedet. Er war konsequenter beim Besteigen des Gipfels. Lange vor ihr ist er dort angekommen. Er war nur schneller als sie und hat eine Phase übersprungen. Jetzt sitzt er dort oben in der Sonne. Und sie? Zögernd pausiert sie in der Berghütte und schickt nach und nach etwas von sich vor. Lebenslust, Kontaktfreude, körperliche Eigenschaften und nun auch ihr Gedächtnis haben sich schon auf den Weg zu ihm gemacht und nur ein kleiner Teil von ihr verharrt hier und hat Angst vor den letzten paar Metern. Warum denn bloß? Sie sieht Hans schon winken. Auf, los! Immer mehr. Immer voran. Immer weiter. Der Berg ruft und Hans wartet.

„Sie kam nicht zum Frühstück und dann fanden wir sie hier. Eingeschlafen mit einem Lächeln auf den Lippen", sagt die Pflegerin zu Carola.

*__Ulrich Borchers__ wurde 1961 in Flensburg geboren. Seit einer erfolgreichen Teilnahme an einem regionalen Literaturwettbewerb 2009 hat er die Lust am Schreiben entdeckt. Seitdem hat er zahlreiche Geschichten in Anthologien veröffentlicht. Neben dem Schreiben wandert und reist er gern.*

# Solang das Rad der Zeit sich dreht …

Solange das Rad der Zeit sich dreht,
solange sich das Leben im Wandel bewegt,
etwas zu hinterlassen,
bevor die Erinnerungen verblassen.

Im Stundenglas des Lebens
rinnt die Zeit – vergebens
sie aufzuhalten,
besser sich zu entfalten,
um schöne Dinge zu erhalten.

Den Schatz des Lebens dann nicht vergraben,
lieber ihn weitertragen
und -geben,
um zu zeigen: Das war mein Leben!

***Ursula Keleschovsky*** *wurde 1959 geboren und lebt im unterfränkischen Westerngrund. Sie schreibt gerne Haikus und Aphorismen, erzählt Märchen und Geschichten frei oder erfindet welche zusammen mit Kindern.*

# Begegnung

Wir begegneten uns zufällig an einem Märztag in der Stadt. Ich hatte es eilig, musste zu einem Termin. Er schenkte mir von seinem unermesslichen Reichtum an Zeit. Obwohl wir uns nie zuvor getroffen hatten, erkannten wir uns doch. Obwohl wir nie miteinander gesprochen hatten, kannten wir unsere Stimmen. Obwohl wir nie Briefe voneinander erhalten hatten, hatte jeder die Handschrift des anderen vor Augen. Auf seine Bitte hin führte ich ihn durch die verwinkelten Straßen meiner Stadt. Ich erzählte ihm Geschichten, die mich mit den Orten verbanden. Er wusste sie alle ebenso gut wie ich und doch unterbrach er mich kein einziges Mal. Ich zeigte ihm den Bäcker, bei dem ich sonntags morgens um Brötchen anstehe. Den Stein, über den ich aus Gewohnheit täglich stolpere. Das schiefe Haus, bei dem ich stets den Drang empfinde, mich dagegen zu lehnen und es mit meiner ganzen Kraft wieder gerade zu rücken.

Wir setzten uns in meine Lieblingseisdiele. Er bestellte Vanilleeis mit heißen Himbeeren, ich nahm ein Bananensplit. Kinder spielten Fangen auf der Straße. Ich sah, wie er ein bisschen weiter von ihnen wegrutschte. „Sicher ist sicher", meinte er lächelnd. Wir saßen eine Weile so da, ganz still unser Eis löffelnd, versuchten nicht, die Gedanken des anderen zu erraten. Der Himmel hatte einen leichten rosa Schimmer angenommen, als wir aufstanden, zahlten und gingen. Langsamer als zuvor setzten wir unseren Weg durch die Stadt fort. Viele meiner Bekannten kamen uns jetzt entgegen, die meinen Gruß lächelnd erwiderten. Meinen Begleiter schienen sie nicht zu registrieren, doch als ich mich zu ihm umdrehte, blickte er mich so ruhig und stetig an wie zuvor und legte sanft seinen Arm um meine Schultern.

In der Kirche, an der wir vorbeikamen, wurde eine kleine Abendandacht gehalten. Eine Orgel spielte, die Gemeinde sang:

Mein schönste Zier und Kleinod bist
auf Erden du, Herr Jesu Christ;
dich will ich lassen walten
und allezeit
in Lieb und Leid
in meinem Herzen halten.

Wir setzten uns auf eine Bank, lauschten dem Gesang. Die Sonne wich dem Mond, die Nacht löste den Abend ab. Ich wurde müde, meine Lider senkten sich, mein Kopf fiel auf seine Schulter. Er hielt mich fest, nahm mich in seine Arme und trug mich nach Hause.

***Verena Krall*** *ist 17 Jahre alt und lebt in Lahr im Schwarzwald. Sie spielt Cello und Blockflöte, singt im Schulchor und macht bei der Schultheatergruppe mit. Die Schülerin leitet bereits den Kindergottesdienst. Nach dem Abitur möchte sie Physik studieren.*

# Inhalt

ToMa

# Papierfresserchens MTM-Verlag

**Sinje Blumenstein (Hrsg.)**
***Mittendrin - Der Laubkönig erzählt***
ISBN: 978-3-86196-106-2, 12,20 €

Mystisch, zauberhaft und spannend … Die fantastische Welt dieses Buches bevölkern Wesen wie Waldgeister, Trolle und Baummenschen. Die Magie der Natur wird von den Autoren und Autorinnen in abwechslungsreichen Geschichten heraufbeschworen, voller Poesie rund um geheimnisvolle Mächte.

23 Geschichten hat Herausgeberin Sinje Blumenstein gesammelt. Lassen Sie sich vom Laubkönig über die Vielfalt der Natur erzählen …

**Nicole Vergin und Petra Fuhrmann (Hrsg.)**
***Luftschlösser***
ISBN: 978-3-86196-107-9, 10,90 €

Ein jeder von uns trägt ein anderes Luftschloss in sich. Jedes davon ist mal mehr, mal weniger der Realität verhaftet, steht mal auf dem festen Boden der Wirklichkeit oder ist reinen Träumereien entsprungen. Einzigartige Geschichten mit fantastischen Ideen erwarteten den Leser, der sich auf diese Reise in fremde Zauberreiche einlässt.
Erobern Sie die Bauten der Fantasie und erörtern Sie mit den Autoren dieser Anthologie die Frage, ob Luftschlösser reine Hirngespinste sind oder doch Träume, die unser Leben bereichern und vorantreiben.

Ein Buch voller Wünsche und Hoffnungen, voller Illusionen und Fantasiewelten ... die Eintrittskarte in einen Palast der schönen Ideen. Nehmen Sie Urlaub von dem Trott und der Hektik des grauen realen Alltags!

**Lore Kampmann**
***Sternstunden***
ISBN: 978-3-86196-158-1, 8,90 €

Lore Kampmanns Worte, Zeilen, Geschichten und Gedichte sind Momentaufnahmen, die Herz, Sinne und Verstand des Lesers ansprechen.

Es sind Texte der leisen Töne, Texte des Kraftschöpfens und der Besinnlichkeit, welche die Leserschaft auffordern, die eigenen Bilder und Fantasien zu entfalten; kurze heilsame Momentaufnahmen für die eigene Seele.

**Britta Hoge**
***Auf einmal war es wieder Leben***
ISBN: 978-3-86196-164-2, 8,90 €

Britta Hoge gestaltet in „Auf einmal war es wieder Leben" mit Wort und Schrift bewegende, rührende, schöne – vor allem aber ausgesprochen kreative Bilder für Herz und Seele, welche unter anderem mit dem Älterwerden hantieren. Dabei fragen sie, ob es rechtens ist, sich von der Gesellschaft im Alltag und auf der Bühne in seiner Beweglichkeit und Freiheit beschränken zu lassen.

Die Gedichte, aber auch die Texte können im Rahmen eines theatralischen Ablaufs sehr gut „life" auf der Bühne gesprochen, gespielt und getanzt werden. Getanzte Literatur – Literatur zum Tanzen.

Spuren
im
Sand

GRÄFENBERG
CAGLI

Wechselnde
Pfade
Gisela Pärn
Jugendzeit
Krieg
Neubeginn